U0004852

TOKU。度咕

台灣囝仔的童年往事

圖·文——秋榮大

充滿濃厚溫情的藝術家

劉旭恭 繪本作家

秋榮是我們繪本班的同學，他來到教室已有好多年了，大家幾乎都認識他，不過，他不太常做作業，什麼意思呢？他不一定會依照課堂上出的題目來創作。

他有自己的功課。

每週三下午，上課的時光裡，秋榮會拿出自己的畫畫本子，裡面多半是他在不同地方的風景或人物速寫，他會向大家描述創作時的想法和心情，同學們若有關於技法的問題，他也總是不厭其煩地解說，很是溫柔親切。除了速寫，秋榮還有不少以文為主的創作，內容大多取材自生活，如童年的回憶或時事的奇想，這些故事饒富趣味，有的情感豐富，有的天馬行空，也有的帶有幾分自嘲味道，每次分享時，大家都聽得津津有味。

秋榮的作品很符合他給人的感覺。這位滿頭白髮的大哥，是繪本班少數的男生，也是一位建築師，人生歷練想必十分豐富，但他卻溫和內斂，真誠質樸，言談間十分風趣。聽秋榮說自己的童年回憶，像是昨天才發生的事，我彷彿看到一位靦腆的小男孩，興高采烈地向我們描述生活中的點點滴滴。

我喜歡聽秋榮講他小時候的故事，關於穿麵粉袋汗衫、挑糞牛車、打鐵舖或小男生打陀螺等，這些都不是現今在都市長大的小孩所熟悉的。或許那時物資缺乏，但是環境也相對純樸，街頭巷尾的人情味更是滿滿，聽秋榮娓娓道來，真是一個單純又美好的年代，讓人不禁為之神往。

我記得秋榮說他小時候曾去一位同學家玩，同學的日本媽媽非常優雅親切，款待小客人也是輕聲細語，很是客氣有禮，讓這位小男生受寵若驚，長大後還念念不忘，也夫買了一位和同學一樣的黑色雙肩書包。或許這位小男生長大後也記得那份溫柔，因此總是謙遜有禮，不論對方是大人還是小孩。

我也喜歡聽秋榮說「度咕」的故事，這隻叫做「度咕」的貓頭鷹，原本是阿嬤買回來進補用的，但是因為小孩們不願意，所以就留下來成為家中的一分子。這位「度咕」非常神祕，可以變身為忍者，也可以扮成紅番酋長，還會在半夜裡嚇人，簡直千變萬化，無所不能。後來秋榮描述「度咕」離開許久後又帶著同伴前來，過了一夜後再離去，像是對他們家人致上道別和謝意，人與動物間濃濃的情感，讓人十分感動。

秋榮是感性和理性兼具的藝術家，他的文筆極佳，內容真誠，情感自然流露，圖畫則自在寫意，很有自己的風格，我很慶幸能夠讀到這些美好又動人的故事。

自序

童年是一顆閃亮不滅的星星

秋榮大

這天到鋼筆店買墨水，熟識的老闆不在，只有一位年輕小姐看店。我剛進店門時，看到一隻白頭翁，大小像麻雀，我圈著嘴朝牠親切呼叫，牠猶豫一下，居然從櫃子上飛下來，左跳右跳與我互動。小姐很驚訝，她說小鳥很怕生，只要顧客上門，牠就躲起來，對我竟然一見如故。

我不好意思吹噓，其實我在公園還有一隻喜鵲好友，喜鵲主動和我接觸那天，正應了古人所言喜鵲會報喜，那個月我正為兒子籌辦婚禮。那日連帶想起童年那隻貓頭鷹度咕，與我兄弟南征北討、為非作歹的歡樂歲月（編注：「我兄弟」台語，指家中兄弟和友伴。）

那個年代小鎮整條街的鄰居就像自己家，可隨意進出，人們的生活雖然清苦，卻處處有溫情。只要你有困難，人人都不吝伸出援手。

那時童年的暑假才是真正的假期，每天幾乎都是被蟬鳴聲吵醒，然後一路呼朋引伴往野地跑，做彈弓射田鼠，堆土窰焢番薯，溪邊摸蛤蜊，草叢捉青蛙，爬樹摘野果，坡地放風箏，小溪賽紙船，隨機又隨興，創意無窮盡。

我們是見證社會變遷最大的四年級生。我小學還學過珠算，十六歲到都會上高中，才知道過馬路要看紅綠燈，大學時學電腦Basic，就業時有天線的黑金剛手機剛面市，如今一支輕薄手機，就能即時掌握全世界。

想起小學第一篇作文「我的志願」我寫的是，將來要做柑仔店的老闆，掌管一屋子的貨品是何等風光，老師評語……志願應更遠大，當年莊腳囝仔的我，還不甚了解其意。當我三十歲到美國唸研究所時，周邊的人說的都是聽來霧煞煞的語言，原來幼年看的西部片，美國人講外國話是真的。

從鋼筆店出來，陽光頗刺眼，一位年輕媽媽正催促背著厚重書包的小學生走快點，小學生的模樣就像當年的我。瞬間，熟悉的一幕閃過眼前，那是睡過頭的清晨，匆匆忙忙將作業簿塞進書包，邊跑邊整理衣褲、皮帶，鄰居阿彭伯用著戲謔的口吻說「快遲到了喔！」每家大人都認為起床上學是孩子份內的事，遲到受罰也要自己承擔。跑到街角時，迎面飛奔而來正是兩位死黨，哈！等一下遲到罰站都有伴了，真是陽光燦爛的一天。

CONTENTS 目錄

度咕與我

喜鵲與我

童年往事

動物狂想曲

度咕與我

穿著襪子的貓頭鷹度咕，是怎麼來的？

1 獵人向阿嬤遊說，貓頭鷹配中藥燉熬，對成長中的小孩最補。

2 阿嬤回程在中藥舖買了藥材，準備一齊熬煮。

③ 女傭依殺雞流程，先拔脖子上的羽毛，貓頭鷹驚慌地頭轉圈圈，害女傭無法確定脖子位置。

④ 不久，牠被拔光羽毛，卻趁隙逃脫在桌椅間亂竄。

5 我們向阿嬤說，絕不吃牠！阿嬤只好找隻爸的破襪，套在牠身上保暖。

6 不要緊啦！你穿襪子很好看啊！

7 度咕認姊為監護人，從此性命有保障。

8 善良的姊姊餵牠東西，被牠視為主人，此後寸步不離。

9 表哥最愛講鬼故事嚇唬我們，這天表哥來我家過夜，我們安排度咕半夜在他床前走一遭。

10 不明究理的表哥，天亮仍蒙在棉被裡發抖，我兄弟犒賞好樣的度咕。

TOKU的由來

度咕是一隻小貓頭鷹，牠是阿嬤從街上買回來，準備燉來給孫子進補的。

埔里群山環繞，常見獵人將捕獲的羌、山豬、食蟻獸，拿來市場賣，阿嬤大概是經不起獵人遊説，將度咕買回來，回程還特意到中藥舖，買了三帖中藥，以備熬煮貓頭鷹時加料用。

放學回家的我們，好奇地看著綁在椅子上的度咕。

在民國四、五十年代，一般家庭都會用鍋巴、剩飯，養三五隻雞鴨，以方便過節拜拜，或親友來訪時宰殺加菜，所以家裡的婦女都知道如何殺雞。首先拔去雞脖子的毛，再劃上一刀放血，度咕屬於鳥禽，比照殺雞過程即可。只是度咕的頭驚嚇地一直轉圈圈，女傭根本不確定牠脖子在哪裡！反正先拔毛再説，就在拔毛的過程中，度咕跳開在桌椅下亂竄，搞得全家雞飛狗跳。

當我們三兄弟知道牠正要被宰來熬補，我們向阿嬤申明，絕對不吃牠！這下阿嬤不知如何善後，看見沒了羽毛，全身瘦巴巴的度咕，不知是冷還是驚嚇過度，一直在發抖，她找來爸的破襪，套在度咕身上暫時解決這個問題。

度咕看著我們兄弟三人，個個調皮樣，不像是可依賴的對象，而姊親切地餵牠吃東西，從此度咕跟定姊，牠有了個靠山，我們也就不敢太造次。

平常度咕棲息在竹竿或枱燈座上，總是閉著眼，所以我們就取名為「度咕」後來才知道牠屬夜行性動物，白天睡覺是正常的，但度咕警覺性很高，有股不怒而威的氣勢，整條街的貓狗，對牠無不敬而遠之。

起先，我的狐群狗黨對度咕也很好奇，但久而久之，就視牠為我們的一分子。偶爾，我們為非作歹被處罰時，應該要連坐的度咕，早就不知躲哪邊去避禍，當風波平息後，牠才會一付無辜樣地出現，人家說，貓頭鷹有靈性，這個我是不知道，但度咕總是有福會同享，有難你們自己當就好。

某天，同美店家來了一隻長像奇特的「貓」。

（注：同美店是小時候家裡開的賣油店）

1 兄弟放學回家，好奇地凝視著這隻被綁在椅子上倨傲的生物。

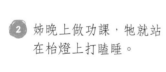

2 姊晚上做功課，牠就站在枱燈上打瞌睡。

3 中山街的眾貓耳聞這隻新來的菜「貓」，告訴貓老大處置。

4 群貓準備向菜「貓」下馬威，讓牠知道這是誰的地盤。

5 誰知比劃兩下，遜貓全躺平，菜「貓」爪功厲害外，居然還能飛。

度咕身上的襪子髒了，
我們幫牠換另一隻破襪。

1 度咕對新花色不甚滿意。

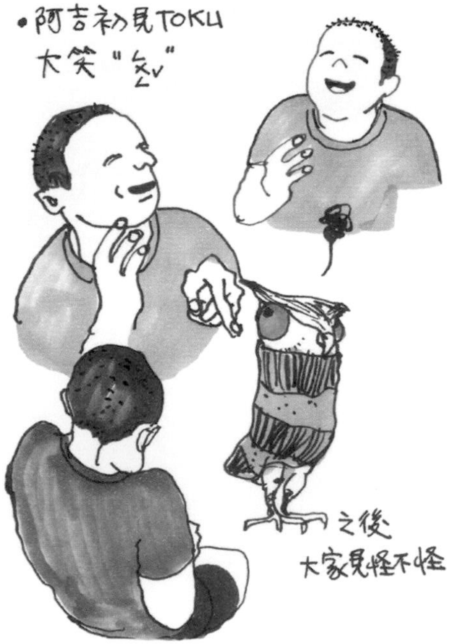

2 同儕的阿吉初見度咕的模樣，捧腹恥笑。

‧TOKU喜歡看
大家
打彈珠…

3 度咕總是凝視著會動的東西。

4 當阿吉射出彈珠時，度咕啣住就遛走，報阿吉恥笑牠之仇。

‧阿吉的彈珠
被TOKU捕捉
一去不回…
TOKU有仇必報

5 群貓被度咕擺平一事，在貓界傳開。

6 狼犬本想偷襲度咕，度咕身體分毫未動，頭後轉怒視對方，狼犬落荒而逃。

7 鄰居都想一睹度咕大俠風采，度咕淡泊名利、安靜陪讀。

江湖上最近出現一位蒙面俠，

來無影去無蹤，武功深不可測。

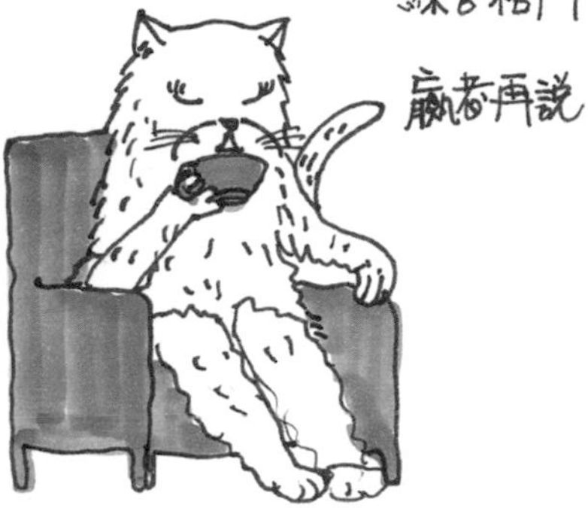

❶ 中山街的公貓們整天打架，只為獲得妖嬌母貓的青睞，把抓老鼠的正務全擺一邊。

❷ 沒有貓的威脅，鼠輩遊走於整條街屋的天花板上，每晚嘻笑玩樂到天亮。

3 彭伯家是雜貨舖，貨源齊全是鼠輩的最愛，天天來光顧。

4 鄰居好奇為何貓狗都不敢招惹度咕？殊不知牠們已較量過，彭伯向我商借，幫他除害。

5 度咕是長得像貓的鷹，天生就是老鼠剋星，彭伯只聽到一陣廝殺，鼠輩從此絕跡。

6 彭伯把度咕的功夫繪聲繪影、加油添醋，鄰居全都聽得目瞪口呆！

7 度咕是夜行者，白天度咕為張顯其威，另取外號里見九犬，杜撰是「里見八犬傳」神祕未現的第九犬，一時風聞而來求助者太多，預約滿檔。

TOKU的江湖人生

當年小鎮的大人都說，貓是不能餵的，因為若是讓牠吃飽，牠就不去抓老鼠。奇怪的是，這個時節整條街的貓，都在叫春和打架，沒一隻在幹正業。

所以，家家戶戶突然鼠滿為患，一到夜晚，成群的老鼠在天花板上跑來跑去，尤其是柑仔店的阿彭伯最苦惱，他家雜貨多，簡直是老鼠的購物中心，想吃的自己拿，還留下老鼠屎當現金。

而我家自從度咕來後，不曾有過老鼠，我一直不知原因為何？苦無對策的阿彭伯想到度咕，貓和鷹都是老鼠剋星，度咕既然是「貓」頭「鷹」或許可派上用場！於是和我洽商，想借度咕一晚，我看過現場後，當晚就抱度咕前去，沒想到就只一晚，柑仔店的老鼠就此絕跡，應該是職業殺手的體味，讓其他老鼠不敢再上門。

事成之後，阿彭伯給了我們姊弟三支棒棒糖和酸梅乾當謝禮，至於度咕就不用再謝，捉到的老鼠當報酬足夠了。

阿彭伯將度咕的神奇功夫，加油添醋地吹噓，一下子就傳遍整條街，鄰居都要來商借，我被迫成為度咕的經紀人。我想度咕這名字有怠忽職守之嫌，還另取別號「里見九犬」是里見八犬傳中，遺留在外的第九犬。

度咕的預約一下子就滿檔，有多熱門？我只記得那年的暑假，我們姊弟的零食，也就是鄰居的謝禮，車輪餅、冬瓜茶、紅龜糕、湯圓，不曾斷炊過。

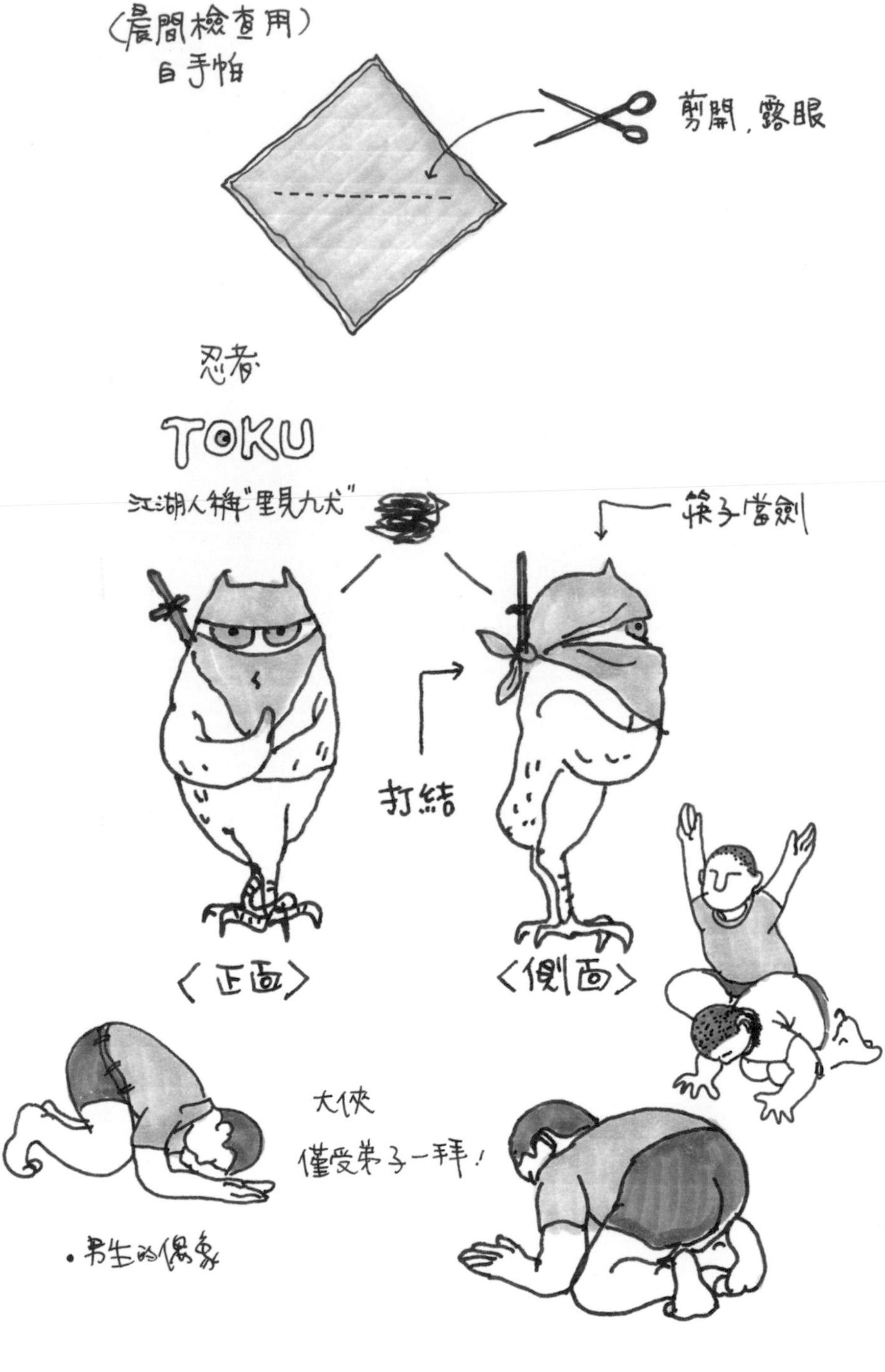
（晨間檢查用）
白手帕
剪開，露眼
忍者
TOKU
江湖人稱"里見九犬"
筷子當劍
打結
〈正面〉
〈側面〉
大俠
僅受弟子一拜！
•男生的偶象

忍者TOKU

埔里中山路學區屬於育英國校，所以整條街上，同班同學就有四、五位，都是臭味相投的至交。

小鎮的作息是天一亮，大人就要為全家溫飽而忙，無論是做生意或下田幹活，孩子不准影響到大人的工作，最好是遠離大人的視線。其實，我們也樂得如此，胡作非為，沒人干涉。

學校教注音符號，前幾個音還可以，後面一些要捲舌的就分不清了。問了這群麻吉，大家也搖頭。倒是同街另幾位女同學，老師說她們「咬」字清楚，但「字」不是用嘴說的嗎？要怎麼「咬」呢？加上男女生有前世恩怨，不相往來，我們也不屑下問。

在那個年代，沒有寵物這個名詞，家裡的狗要看家，貓捉老鼠，小豬斷奶要賣，雞鴨過節要宰，狗要是擋路就踢，不小心踩到雞屎，全家雞犬都遭殃。

只有我家度咕沒有正常職業，姊一上學，就沒人知道牠行蹤，但只要姊放學，牠就跟前跟後，片刻不離，符合今天寵物的定義。

度咕性情孤傲，不苟言笑，當你以為牠閉著眼，想摸牠後腦，度咕可以全身分毫未動，瞬間轉頭，睜眼怒視著你。這等功力可能還在諸葛四郎之上，甚至媲美里見八犬傳中功夫最強的第一犬。在電影裡，第一犬與敵對峙，未見劍出鞘，對手七八人，人人身上被劃一刀，僵直地準備下一秒一齊倒下。

我輕輕地試著用手帕，也就是晨間衛生檢查備用的白手帕，將度咕打扮成忍者，扮相之帥，麻吉們全體跪拜。

之後，在班上看到女同學用鉛筆打扮成玩偶，辦家家酒，我們男生看了，無不捧腹大笑，比起度咕的英姿，智商之高低，不可同日而語，女生當然不知道我們在笑什麼，給個白眼，撂句「一群神經病」，彼此結下的梁子，又更深了……

紅番酋長度咕定裝照。

1 西部墾荒電影正流行。

2 蓬車隊行進中，總會遭遇紅番戰士的圍攻。

3 騎兵隊的號角總是在情況最危急時，由遠處傳來，小孩興奮地歡呼。

4 再英勇的紅番戰士也抵不過騎兵隊的一顆子彈（那是種族歧視的時代）。

雞毛撢子
口紅紋臉
紅番酋長

5 小孩玩起紅番打戰的遊戲，酋長一角是大家的首選，酋長服需雞毛裝飾。

小販蒙冤…
雞毛撢子意外成家法

6 小孩各自拔家裡撢子的雞毛，小販蒙受掉毛瑕疵之冤，掉毛後的撢子根是藤條，打小孩很實用，唉！因果報應真不假。

7 沒毛的度咕穿起酋長服，左顧右盼最滿意，紅番遊戲牠也樂地參一腳。

紅番酋長

小鎮戲院上映的西部片，很受小孩歡迎，雖然當時還小看不懂字幕，但騎兵和紅番大戰毋須對白，劇情千篇一律，前進大西部的蓬車隊，路途中突然遭到紅番層層圍攻，就在緊要關頭，帥氣的騎兵隊總是適時出現。當進攻號由遠而近，整個戲院的小孩會興奮地吶喊助威，一陣激戰過後，紅番一定是敗戰而逃。

以現在的眼光來看，那是標榜白人優越，種族不平等的時代。拿斧頭弓箭的，就算再驍勇善戰的紅番鬥士，總是敵不過騎兵扣扳機的指頭。連小孩都看得出，這種打鬥完全不符合公平正義，所以，紅番酋長雖是個悲劇角色，卻也是最令小孩崇拜的偶像。當小孩要玩騎兵紅番遊戲時，酋長的角色是人人爭著想當。

演騎兵的人，只要找頂舊帽，脖子再繫條領巾即可，而酋長的服飾可要講究，用拜拜時被宰殺的禽類的毛來裝飾，是再適合不過的。但當年鴨毛、鵝毛是有人收購，去做羽絨被，只要是可賣錢的東西，小孩是不准拿去玩，只有雞毛沒人要。

當我們玩興一起，手邊又沒現成雞毛，念頭就動到家裡的雞毛撢子，我和幾位麻吉各自從家裡的撢子扒一些雞毛來，酋長服飾很快就完成，遊戲就可正式開始了。

想起當時賣雞毛撢子的小販，還蒙受不白之冤，被一群媽媽嫌手藝差，撢子容易掉毛，不知真相是小孩扒毛去玩。但掉了毛的撢子，只剩一根藤條，做為打小孩屁股的家法，彈性極佳，這是我們未曾料到的噩夢，比起老師處罰用的細竹枝，藤條算重兵器，這是我們捱過藤條滋味的共識。

我們順便幫度咕量身製造一套酋長服，本來沒有羽毛，總是落落寡歡的度咕，想不到套上酋長服，居然精神抖擻，在鏡子前跳躍、轉圈、拍翅，就像鳥類求偶，展示羽毛的動作一般，看樣子，這套服裝度咕可滿意得很，度咕瞬間恢復了原有的自信，瞻前顧後自照良久，即使那是一頂假髮也行。此後，每當我們玩紅番大混戰時，不忘幫度咕套上酋長服，牠也精神奕奕地軋一腳。

看完蒙面俠蘇洛電影，度咕新造型，
手帕當披風，鐵絲當劍，俠號 Tozoku。

1 度咕好奇時豎雙耳，生氣時頭毛全豎。

2 教度咕抽牌，牠轉頭閉眼不屑，探詢祕密豎單耳。

3 看完四谷怪談電影，嚇得睡不著，摸黑尿尿，度咕突然睜眼，啊！直接尿褲子。

4 看過白文鳥啣卦牌，想教度咕學此技，牠理都不理。

飆車一族

5 同儕飆車度咕緊抓龍頭，享受高速快感，也對，你見過懼高怕快的鳥嗎？

6 看布袋戲度咕也隨行。

民國四十八年春

7 拍家族照度咕有沒入鏡？記憶模糊了。在畫裡，就給牠應有的地位吧！

貞子TOKU

生活艱辛的民國四十年代，大人成天忙著工作，沒有週休的概念，星期幾對大人是無意義的，只有念書的小孩知道，至少星期天可以睡到自然醒，但每週日還是會被大人踢醒。當我們回應說：「學校週日不上課。」才能再睡回籠覺。

大人們平常工作太累，又沒什麼餘錢，所以娛樂就更不用談了。那是電視未開播的時代，只有收音機可收聽歌仔戲和麗秋的成藥廣告，但那是阿嬤專屬頻道，別人別想轉台。

或許是日據時代有過歌舞昇平的日子，埔里鎮雖小，戲院卻有五家，高樂、華國、綠都、能高和天一，都在我家步行範圍內，當時片源：一是台語片：王哥柳哥遊台灣；二是美國西部片：約翰韋恩騎兵打紅番；三是日本武士片和哥吉拉大鬧東京。我不知道埔里的戲院算第幾輪？但離都會首輪應該有一兩年光景？

當有新片來時，戲院會雇三輪車，沿街擴音宣傳，有些片會引起我媽的注意，夜晚忙完店裡的生意，媽會上電影院，我們兄弟當然要跟，反正規距是大人購票，就可免費帶小孩進場。

但媽對電影的品味和我們截然不同，至今仍令我們餘悸猶存的是《四谷怪談》，劇情是丈夫在外有小三，聽情婦的話，將毒藥放進太太的茶杯裡，當太太喝完茶，梳頭時，梳下來的是一把把的頭髮，臉也開始變形，青一塊、紫一塊，最後痛苦而死。事後，丈夫傍晚在河邊釣魚，釣到的是一把把的頭髮，鬼火也在周邊漂浮著，遠處白衣長髮的女子慢慢地飄過來，影像、音效、氛圍，恐怖之至。

我們都蹲在椅下，摀住雙眼，問媽這段過去沒？媽騙說過去了，但我們從指縫間，還是看到了最恐怖的畫面，媽說我們不敢看就先回家，但蒙在被窩裡，翻來覆去睡不著，可見後來電影為何要分級？就是因為這對小孩心靈衝擊還真大！

從戲院回家後，一直睡不著，後來覺得尿急。但我家的榻榻米房間到屋後的廁所甚遠，和弟相邀壯膽一起去，本來神經已敏感到針掉地上都聽得到，卻忘了度咕夜晚常棲息在天井中，當我倆摸著牆，惦著腳前進時，窸窸窣窣聲驚動度咕，牠兩眼頓開，月光下度咕兩眼黃澄澄，就像影片中漂浮的東西一般，我倆嚇得全身虛脫，連滾帶爬回榻榻米上。

第二天，朦朧中被媽叫醒，說弟這麼大了還尿床，其實，那是「嚇到挫尿」，要罰的話，貞子度咕得連坐。

度咕羽毛再度長滿，

被鞭炮嚇跑後，不久也結婚了。

① 逢年過節拜拜的菜色很豐盛。

② 我的貢品是泡泡糖，神明的鬍子都很長，黏到可能較麻煩。

拜拜後的鞭炮
吓飛TOKU

3 拜拜後，度咕不見了。隔壁大嬸看見牠被鞭炮嚇得飛上屋頂。

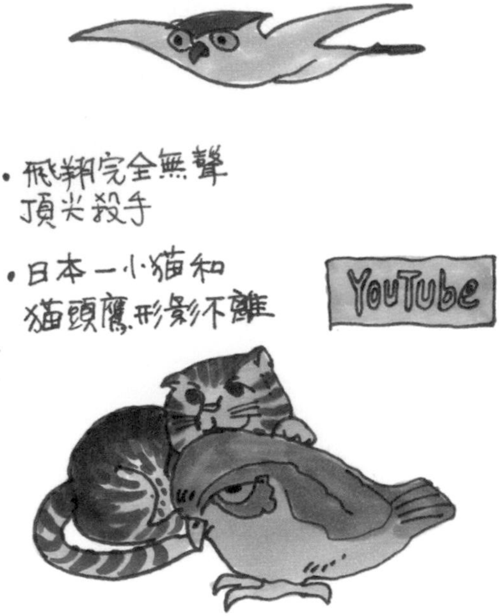
•飛翔完全無聲
頂尖殺手
•日本一小貓和
貓頭鷹形影不離
YouTube

4 YouTube 報導貓頭鷹是所有鳥類飛翔最寧靜的頂尖殺手。日本有一小貓和小貓頭鷹形影不離，可愛之至。

⑤ YouTube 報導某人救了受傷的小貓頭鷹，康復後才野放，貓頭鷹會報恩，不時會叼來禮物（蛇、鼠）給主人，以及家裡一起長大的貓和狗。

TOKU告訴
我們
牠成家…

❻ 記憶中，某晚度咕回來，只待一晚，窗外隱約有另一隻貓頭鷹，猜是度咕的配偶，度咕是來報喜訊？

TOKU和子孫
談到人世奇遇…

❼ 度咕應該已兒孫滿堂，或許度咕的人間奇遇，會在牠的家族裡，一代一代地流傳下去。

TOKU回娘家

民國四十年代物資匱乏，大家生活都非常節儉，平常吃的清一色是白飯配青菜豆腐；但過年過節卻非常講究，與其說是為了祭拜神明、祖先，其實也是藉機打打牙祭，滿足口慾，因為拜的都是自己最愛吃的雞、鴨、滷蛋、肉粽等，我也可指定拜泡泡糖，不管神明喜不喜歡。

傍晚時分，騎樓下不少人家是以門板放在兩條長凳上當大桌，才夠擺上滿漢全席。當全家大小魚貫地將一道道菜，從廚房端到門前的大桌上，兩隻家犬阿佳和John，也興奮地跟進跟出。供桌前，有一杯盛米的香座，每道菜又各插一支香，提醒神明，每道菜都可嘗嘗。地上擺了一盆水和新毛巾，是給神明、祖先，飯前飯後盥洗用。

祭拜中，小孩興奮地在騎樓下串門子，看看各家菜色，當香柱燒到過半時，請示神明，然後就可燒紙錢。不同的紙錢燒給不同的收受單位，至今我還沒弄明白過。紙錢燒盡，以水酒依圓弧形式澆下，取台諺「畫圓圓，賺大錢」。

幾乎每家成長中的小孩，不用等再熱菜，早已三大碗公下肚了。餐桌下的兩隻家犬，各忙著啃雞爪和豬腳，就是沒度咕的蹤跡，早已留一份要給牠吃的說。姊做功課時，平常度咕會在旁做陪，當晚卻沒見到牠。我們納悶：該不會是原先被拔光的羽毛，長滿後，牠飛向原野去了？

姊有些惆悵，隔天一早，她要我去問鄰居，有沒看到度咕？中藥舖的大嬸說，昨午拜拜後，依禮俗放鞭炮，她有看到度咕被嚇得飛上屋頂，應該就是這原因吧！昨日整條街此起彼落的鞭炮聲，是度咕從未見過的陣仗，大概是嚇跑飛走了。

數週後，某晚姊聽到窗框有扣扣聲，一看是度咕回來了，姊興奮地抱著牠，也叫我們兄弟快來看。之前我們男生常作弄度咕，但也常和牠一起幹大事，算是亦敵亦友，此次牠回來，非常和善，讓我用手指弄著牠脖子的毛，牠享受地瞇著眼睛。這時月光下，樹枝上還有另一隻貓頭鷹，正在呼嚕呼嚕著，我想會不會是度咕的配偶？

若是，牠不像度咕，曾和人類相處，可能是懷有戒心，沒有飛進家屋。那一晚度咕又站在姊的枱燈座上打瞌睡，隔天醒來，就再也沒見到度咕。

牠應該是帶著配偶回娘家，來告訴我們牠成家了。

我以為五、六歲男生每天新鮮事如此多，怎麼可能去記得這等雜事？有次回鄉，和姊弟同桌吃飯，大家都已六十開外，我無意中，提起度咕的事沒想到激起大家熱烈的談興。本來要被當補品的度咕，卻帶給全家超過一甲子的回憶。

年前去探望年邁的姨媽，和世界第一勇的表哥吃飯，我談到小時曾和我哥串通，用「自走襪」作弄他的事，他開懷大笑，記得當時阿嬤還帶表哥去收驚，哥和我見闖下大禍，更不敢說出口。

表哥說之後，他每看到曬在竹竿上飛揚的襪子，總是毛毛的。但表哥小時，嚇我們的事，其實更多，但我卻一樣也記不起來……

《完》

老大
你畫的很普通了!

喜鵲與我

邂逅

我坐在涼亭外的露天座椅，正構思文案，突然飛來一隻黑白相間、眉清目秀、羽毛亮麗的鳥兒，與我近距離四目相接。

牠在我面前蹦蹦跳跳，我不明就理。當我站起來，牠仍舊在座椅上和我歪頭對視。牠跳上我放在椅上的背包，對著我背包上的拉鍊扣子輕啄，我大概猜出牠是向我討吃的，因為牠的舉動，不像我小時候碰到過的鳥秋，會攻擊任何接近牠巢穴的動物。但像這隻這麼不怕人的野生鳥，我還是初次見到。

打太極拳的阿伯，看到我與鳥互動的一幕，對著我微笑。我問他，鳥是不是向我要吃的？他說對啊！這是公園內兩隻不怕人的鳥，另一隻不知何時被人抓走，只剩這隻受大家鍾愛的鳥。

既然知道你固定在此蹓躂，下次我再來此地，我會將早餐的核桃麵包留些給你。謝謝小鳥對我這位陌生人，如此親切友善，讓我整天心情非常愉快。

回到家後，翻閱鳥類圖鑑和今天所看到的鳥一比對，確定是身長四十八公分的喜鵲，書上描述此種鳥類，生性活潑、好奇，走路大搖大擺，原生活在原野，現遷移到耕地和城鎮生活，Ha,I got you!

又見喜鵲

想碰碰運氣，看能不能再看到昨天照面的鳥兒。

一早搭捷運來到公園同一座位，還沒坐定，遠處低空飛來的，正是昨天見著的那隻鳥，我有些興奮地告訴牠：「你是喜鵲，你很出名，知道嗎？」牠好像不太在意這些虛名，只是像老友般看著我。我從口袋拿出核桃麵包，撒下後，牠聞聞居然不吃，我又擺出米粒，牠也沒興趣。

昨天看書上，說喜鵲喜食小蟲、種子和穀物，屬雜食鳥。或許牠是公園內大家的寵兒，胃口被養刁了也說不定。

牠還是對我背包上亮亮的拉鍊，又好奇地啄一啄，然後親近我手上的筆記本，啣啣又翻翻，接著就飛向別處，應該去和別人交際哈拉。此刻，鴿子們等喜鵲一飛走，馬上向前把麵包、米粒全掃光。

當我起身要離去時，喜鵲又飛回我面前，正巧此時草地上飛出一隻小蟲，牠一口就啣住，細細品嘗，原來這才是牠最喜歡吃的。吃完擦擦嘴，牠看到我將裝麵包的空塑膠袋揉成一團，準備丟進垃圾桶，牠迅速地從我手中啣去，就飛走了。我想牠是要拿去玩，因為我昨天也看到牠啣著一條橡皮筋，自顧自地玩了好一會兒。

書上說，此鳥活潑好奇，說得一點也不差。喜鵲會報喜？那是當然啦！單和牠互動，就笑顏逐開，喜事一樁。

不要假裝
你識字
這隻我喜歡

白文鳥與喜鵲

多年前，哥家裡養過白文鳥，是買剛出生、未長毛、未睜眼的幼鳥。他將小米加水，用針筒餵食，不需數週，小鳥就長出潔白的羽毛和紅喙。如此養大的白文鳥與人的交情甚密，人走到哪，牠就跟到哪。

哥不是將牠養在籠裡，而是任牠在室內到處飛，客廳、餐廳、廚房、房間，連人家上廁所，牠也在百葉窗偷窺。唯一困擾的是，無法教牠在同一處拉屎，所以，大嫂得經常巡視沙發或地板，以免有人不小心踩著。

每當小姪女練完琴，在旁的白文鳥一定興奮地拉坨屎，或許這代表牠至高的敬意。

初識白文鳥，是我學齡前，距今一甲子。某一天，有位算卦的先生經過我家店門口，媽請他進店來。只見來者提著鳥籠，內有一隻白文鳥，先生從布袋拿出一疊牌，整齊豎立地排放在桌上，然後打開鳥籠，小鳥走向這疊牌，幾乎不加思索，啣出其中一張牌，然後自個兒又乖乖地走進籠子裡。先生問媽所問何事？來者再依牌示，向媽解卦。

說的是啥，哥和我才沒興趣，我倆幾乎是不眨眼地，看著白文鳥聰明的舉動，內心湧現「這簡直是太神奇了！傑克。」這應該也是日後，哥養白文鳥的動機之一。

白文鳥需幼時即養，而且只能養單隻，才會視人如親。我也曾養過一對白文成鳥在鳥籠中，牠倆只當我是鳥奴而已。

回到今日，我又走進公園，突然覺得帽子上，有東西碰我一下，原來就是喜鵲，牠從我身後掠來，在我帽子輕拍一下，然後滑翔降落在我面前。牠和我已像老友般熟識，可以從背後認出我來。我從口袋拿出綜合果仁，給牠最愛吃的鬆脆核桃仁，吃完牠又向我要，我換一顆札實的杏仁果，牠啣著走到不遠處，背著我，將果仁藏地上，並刻意用三、四片樹葉蓋著。

牠想留到下餐再吃嗎？不久，牠又走向我，再索討。我不禁懷疑：牠難道會記得剛才藏東西的地方嗎？於是我走向那片全是枯葉的草地，只是略做翻找的動

小鳥很"神氣"!
是啊!我們的命運都
掌握在牠手裡...

作，喜鵲馬上緊張地叼出那顆杏仁，走往他處石縫塞藏，同樣又啣兩三片枯葉封上。

我又用手去掀，牠又早你一步叼出，啣著果子在地上逃，一路還頻頻回頭望著我。牠一定在想：東西已給牠，這麼小氣還要討回？牠趁我不注意，把整個果仁包叼去，放地上啄，但果仁是鋁箔包裝，還有壓條封口，牠啄不破，我撿起打開壓條，再賞牠一顆夏威夷豆，順便調侃牠，哺乳類就是比你鳥類智商高。

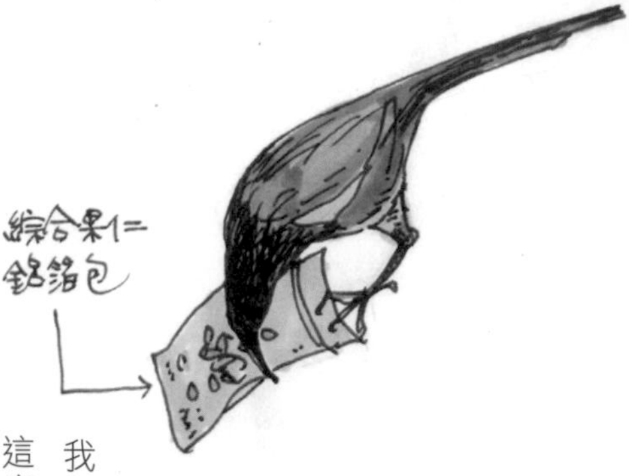

當我在座椅上匆匆寫下與喜鵲互動的筆記，喜鵲也站在我身旁的背包上，視點幾乎和我眼睛一般高。牠瞄著我的簿子，我想牠應該不識字，牠只是在動腦筋，想偷走我這隻筆，曾經有一位阿伯的老花眼鏡被牠叼走，還是我用果子，引開牠的注意力，才撿回來，阿伯還頻頻向我致謝。

公園有棵大榕樹，枝葉茂盛，鬚根甚密，應該是野生動物會覺得安全的棲所。有次喜鵲有意無意地，引我去那裡，牠背著我，從樹縫中叼出一隻牙線棒，見我不置可否，又從另一樹縫掏出塑膠瓶蓋，我也不感興趣。牠又咬出一根不銹鋼釘，和一隻象棋「炮」，這下我可驚訝了！到底牠在這棵樹上藏了多少收集品？

雖然牠收藏的品味不怎麼高，但收藏本來就是滿足自我，樂趣在過程，不在價值高低。

我從口袋掏出新的牙線棒給牠，牠又視為珍物，背著我找樹縫去藏。即使我知道牠沒牙縫用不上，但可以給牠當作收藏品，牠快樂就好。我也終於明白，之前公園內兩老人在木桌椅下象棋，喜鵲在一旁觀棋，還頗像棋靈王佐為的道行。兩老是一手下棋，另一手護棋，原來是怕喜鵲偷棋。牠秀給我看的那只「炮」，少這一只，整盤棋都沒用了。

鳥類圖鑑上說：「喜鵲活潑好奇，走路大搖大擺。」這應該是鳥類專家長期觀察，才能做出如此評語，而據我多次與喜鵲互動，擬加上個人評注，此鳥有「資源回收的癖好，只是尚不知如何分類」。

今日
昔日

童年往事

童玩・粉筆・腳踏車

當年小鎮店家的小孩都能擁有的東西，三者的共同點就是不需額外花錢，而且充滿手作的樂趣、塗鴉的快樂和冒險的刺激。

乍看這三樣東西好像不相關，卻是當年小鎮店家的小孩都能擁有的東西，三者的共同點就是不需額外花錢。

童玩都是小孩用手邊材料自製而成，粉筆是店家日常記事用，小孩也可用來作畫，腳踏車是大人送貨用，不需加油費，小孩個頭雖小，若學會駕馭，活動範圍就可擴及方圓七、八公里。

我這一代生於戰後嬰兒潮，一般家庭四、五個小孩很正常，八、九個不嫌多，整條街同齡的玩伴一大群，個個精力旺盛，時間很多，口袋都沒錢，

為了打發長日漫漫，就需發揮創意、自製玩具，依然玩得很盡興。我清晰地想起竹筷槍、風箏、彈弓、噴水槍，連製作方法都記憶猶新。年紀漸長，才知玩具只要有錢，可以用買的，花樣也更精巧，但少了自製的成就感，樂趣應該也減半。

提起粉筆，鎮上的店家幾乎都有黑板，用來提醒待辦事務。隔壁阿彭伯雜貨店，黑板上的記錄最難懂，因為雜貨店貨品種類多，往來顧客也多，黑板上有誰家賒帳、金額多少、缺貨進貨品項明細、叫貨送貨備忘錄，

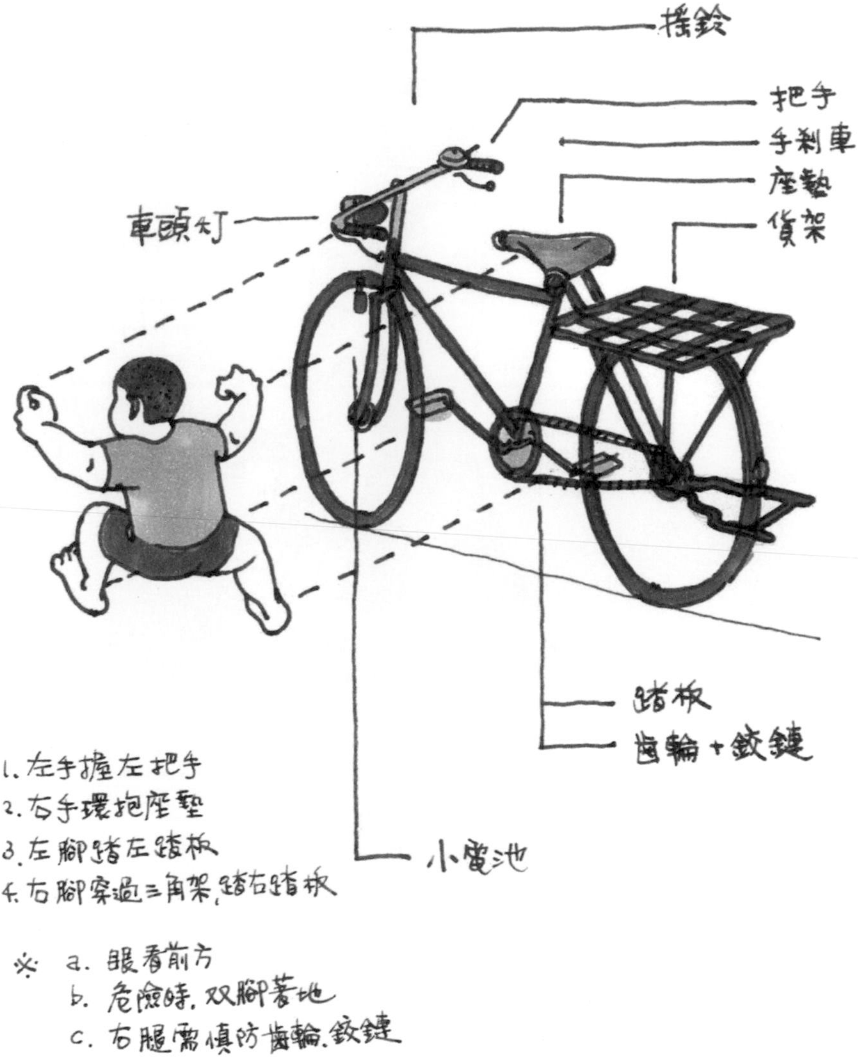

當年腳踏車分 26、28 吋，換算車輪直徑是 65 ~ 70 公分，椅墊高 90 ~ 100 公分，小孩騎車時身高比座墊高不了幾公分，就算小孩敢坐上椅墊，腳也短得搆不著踏板，因此小孩發展出來的操作方式，是左手握左把手以控制行進方向，右手環抱座墊。

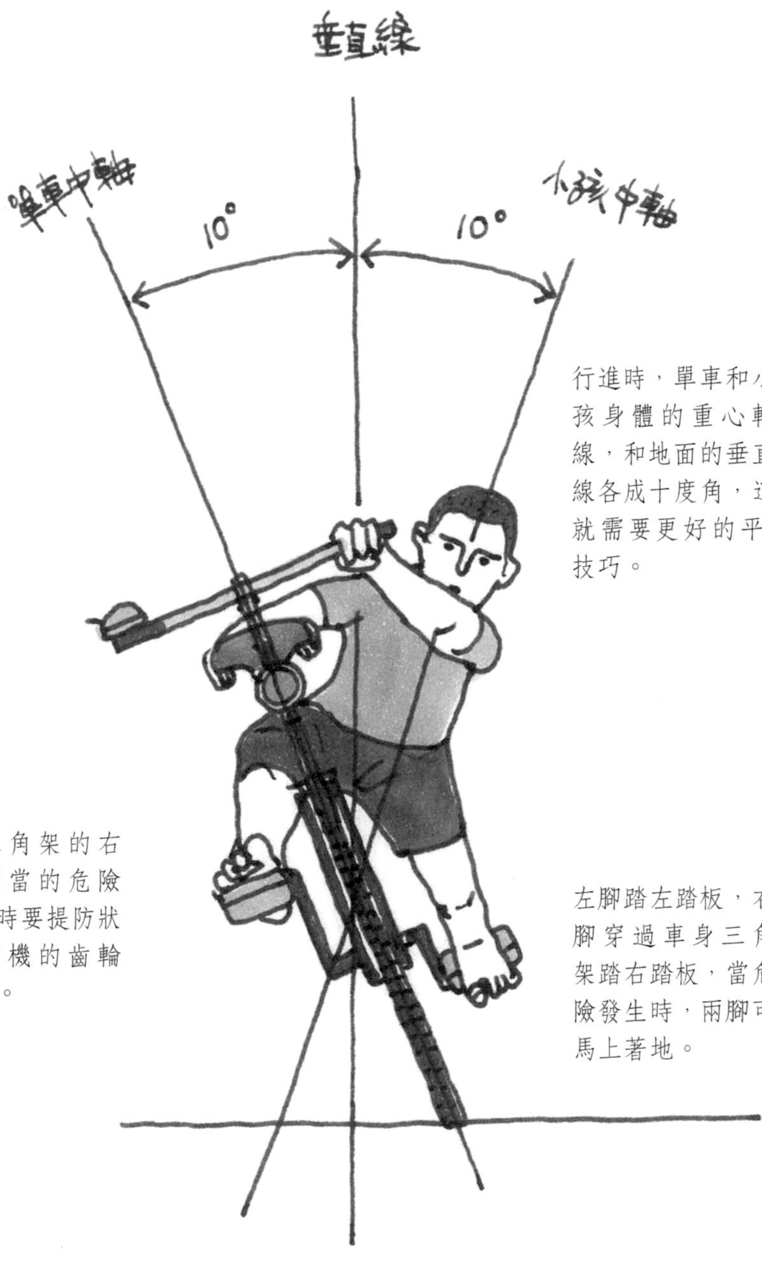

行進時，單車和小孩身體的重心軸線，和地面的垂直線各成十度角，這就需要更好的平技巧。

穿過三角架的右腳有相當的危險性，時時要提防狀如絞肉機的齒輪和鉸鏈。

左腳踏左踏板，右腳穿過車身三角架踏右踏板，當危險發生時，兩腳可馬上著地。

小孩騎大車示意

一車四人座

複雜程度猶如今日股票交易的看板。只要誰家結清賒帳，或送完哪家叫貨，板擦一拭即可，最符合今日鼓吹減少一次性消耗品的原則。

小時我曾隨家人搭過火車，對那巨大又氣呼呼的火車頭非常崇拜，那陣子在騎樓地板上畫的盡是這題材。火車軌道延伸畫到左右店家的地板，也沒人在意，反正粉筆痕跡，人來人往自然就消退，還其原來面貌，不像今日都市塗鴉者，用的是噴漆罐，顏料類同油漆，肆意行為就相當可議。

腳踏車的用途是全方位的，全家都能使用，只要大家錯開時間即可。

一、營業時間內，送貨優先

二、戀愛男女接送用，親近的坐前橫桿，尚生疏的坐後貨架

三、小孩野遊尬車用，所需技巧足可媲美馬戲團的表演

腳踏車裝有頭燈，日夜皆可行駛，頭燈用電來自車輪上的小電池，當車輪轉動，摩擦小電池產生電力，騎得愈快，燈就越亮，在那個時代，腳踏車可是很體面的嫁妝。

阿佳和 John

幫兩隻狗洗澡，是我們兄弟三人的任務，或受媽懲罰額外委派。John 逆來順受，一下就洗好。洗阿佳就完全不同，總是搞得雙方都很累。

阿佳是日語的「紅」。牠是我們從姑媽家抱回來，剛斷奶的小狗，毛色金黃偏紅帶捲，有一對垂地的耳朵，媽第一眼看到，就叫牠阿佳，是 Cocker 品種的小型母獵犬。

John 是日本品種的白色狐狸狗，當年姊念初中，會兩句英文，而當時西部片盛行，最紅的男主角就是約翰韋恩，所以就取名 John。

阿佳動作粗魯，行進時都是吧噠吧噠地跑。又生性貪吃，只要有人吃東西，牠一定在旁蹲坐，兩眼直盯，不曾眨眼。任何東西都是一口吞下，不曾咀嚼，牠覺得咀嚼浪費時間。牠是最佳捕手，不會讓食物落地，當食物在丟擲的拋物線中，牠就空中攔截。牠很現實，某

拜託，阿佳
你咬隻牙籤也算幫忙？
大灶燒柴年代

同美行
12
mobil
先淋濕
John洗好
兌變中

同美礦油行
電話73
阿佳戰鬥澡
觀眾多 意見也多

人的零嘴吃完，阿佳馬上轉頭，鎖定下一個目標，就像稅務員抽稅一般，總加起來，牠吃的比我們每一個人都多，所以一直肥滋滋。由於牠懶得剔子，所以大便時一顆顆的龍眼子、荔枝子、芭樂子，全擠在肛門口，牠是邊上大號，邊原地轉圈圈。

John個性溫馴，進退有禮，你叫牠時，牠總是兩耳後貼，四腳成一直線，像走台步般，姍姍慢步而來，牠幾乎不曾碰過牠的狗碗，也不會在我們身旁討東西吃，平時還不知牠瘦，當洗澡一淋溼，只剩一付骨架子，平日一身白澎澎，像毛球一般，只是假象。阿嬤知道牠胃口挑，會為牠買生雞蛋，補充營養。

幫兩隻狗洗澡，是我們兄弟三人的任務，或受媽懲罰額外委派。我發現狗都不愛洗澡，或許是畏懼水和肥皂，或許是不喜歡人，把牠身上做為識別的味道洗掉。John對主人的要求，不敢違逆，叫來就來，洗的時候牠都是乖乖站立，不論如何搓洗、冲刷，都逆來順受，一下就洗好，綁在騎樓柱下曬太陽，沒多久又是白澎澎、細綿綿。

洗阿佳就完全不同，總是搞得雙方都很累。牠一向不願面對現實，看到我洗John時，牠就躲起來，待John洗好後，我還要費勁找牠。等你找到牠時，全身軟趴趴，能賴就賴，只得拖著牠的後腿，牠才就範。洗時，又不停抖動全身，噴得到處都是泡泡，尤其那對長耳朵，像摔耳光似的，摔向你的臉，所以洗完之後，牠濕你也全身濕透，還必須馬上鍊住牠，要不牠會在騎樓水泥地上，滾來滾去，抹乾全身，弄得髒兮兮，讓你白費工夫，無法向上級交待。

我們兄弟三人年紀相仿，一起讀小學，中午會各自回家吃中飯，兩隻狗都會熱烈歡迎，又跳又舔，但牠倆一定等到第三位小主人回來，歡迎後，才會一起進後堂。

阿佳和John會幫忙看店，媽若在後堂忙，店裡來了顧客，一隻看著顧客，一隻會去叫媽，兩隻狗都知道，不可對來客無禮，但也緊守底線，外人只要跨過後堂的門檻，必定咆哮警告，非常盡責。有一回隔壁來借掃帚，都還沒用，牠倆協力又把掃帚拖回來。

阿佳一向肥滋滋，大家都不知道牠懷孕，某次吃飯時間，沒見到牠在飯桌下，這是奇聞，待我們到狗窩一瞧，阿佳正在餵奶，牠產下兩隻小寶寶，全家都好驚奇。阿嬤馬上煮了麻油雞，幫牠進補，小狗眼睛未開，都有一對長耳朵，像阿佳非常可愛。當晚兄弟三人，都移到狗窩旁邊做功課。過兩天小狗開了眼，慢慢會跌跌撞撞，追著我們玩，之後，放學回家，書包一丟，先逗小狗，而阿佳又回復以前一樣貪吃，連我們特意要給小狗吃的，牠照樣搶來吃。

某一天，我回家見桌上兩包糖，發覺有異，果不其然，媽趁我們上學時，把小狗送人了。兩包糖是對方的回禮，我們問媽是送給誰，還想方設法，要去要回來，結果還是沒下文，當時真是夠傷心，連小狗名字都未取，就再也沒看到了。

阿佳的貪吃習性，終究害死牠。某天傍晚，弟突然滿臉眼淚、鼻涕地哭進家門，說阿佳躺在水溝邊不動了，家人急忙奔出去看，原來牠誤食鄰居的滅鼠餌，一陣抽搐，口吐白沫就走了。

爸慎重地將阿佳裝進紙箱，依台灣習俗「死貓吊樹頭，死狗放水流」載到愛蘭橋，放進橋下的烏溪，讓牠一路好走。阿佳走後，John 顯得很落寞，每晚 John 會外出，不知是去找阿佳，還是不忍單獨在窩裡？起初，外出一小時就會自己回來，漸漸地，逗留在外的時間越來越久，直到有一天，John 沒回來睡，第二天，我們全家都出去找，找遍附近幾條街，都沒下落，不知是被車撞了，還是別人覺得可愛，抱走了？我希望是後者。

從此我家多年沒再養狗，或許是因為對阿佳和 John 過深的繫念，牠倆雖只是動物，但和我們相知相惜，已經如同親人。

家燕

我家走到育英國校，要經過三、四十戶人家的騎樓，所以，上學總是呈 S 型路徑前進，免得遭糞彈擊中，而且路線需 Updated，因為隨時有新巢完工。

老伴
這間好像不錯
古早堂中藥
冬暖夏涼
免費建材

民國四、五十年代，雖然物資匱乏但民風純樸，安貧自在、樂於助人，對待眾生慈悲為懷。就如年節祭祀要宰殺家養的雞鴨，在刀劃過雞鴨脖子前，大人會口唸：「做雞做鴨未了時，趕緊投胎去做人家的好孩兒」感謝雞鴨為祭拜而犧牲，也祝牠投胎為貴人。

小時我家在埔里鎮上開店，門前騎樓簷下有個燕巢。三、四歲的小孩都是英英美代子，所以我用大把時間，觀察了整個築巢過程。當燕子哺育下一代的時節來臨，一對對新婚的燕子會偕伴，巡視各家騎樓，當牠們銜來第一小撮泥草時，就表示看上你家了！通常被選上的店家會很高興，因為古老傳說，只有積善之家，才能引燕來居。我納悶，鳥喙每次僅啣一點泥草，要蓋

唉！
低年級

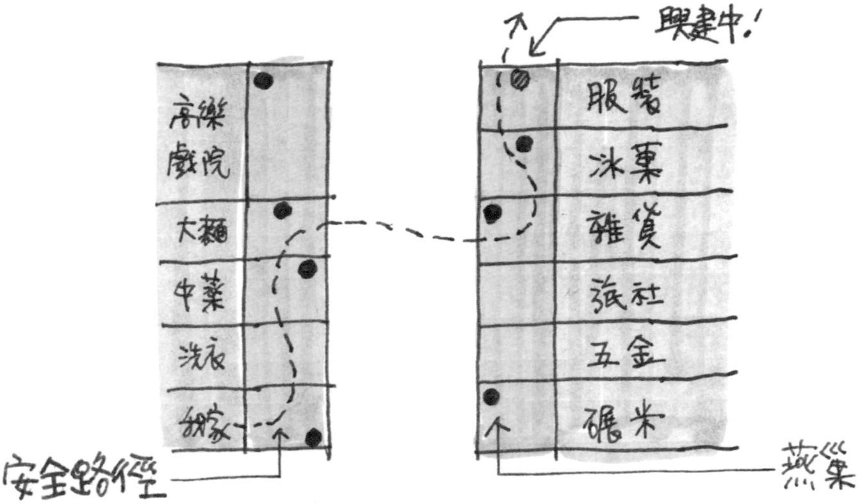
興建中！
音樂戲院
大麵
中藥
洗衣
我家
服裝
冰菓
雜貨
旅社
五金
碾米
安全路徑
燕巢

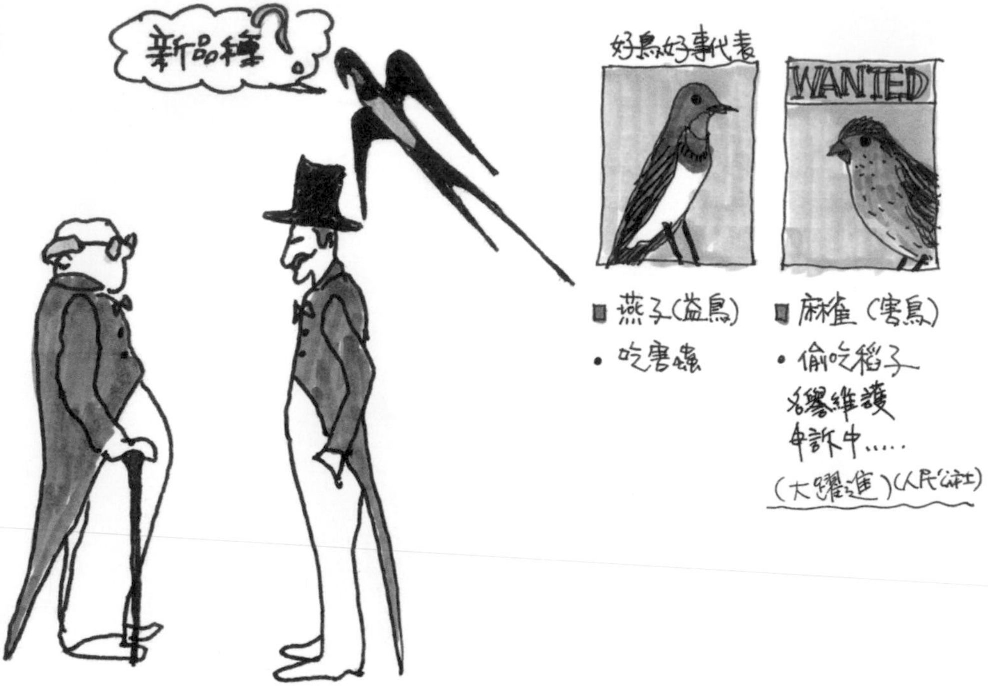

個窩不知要蓋到何時？但當公母鳥迅速飛進飛出，一天十數回，牠們總能在母鳥生蛋前把窩蓋好。

我比較每個鳥巢，有的堅固美觀，但也有草草了事，先求有再求好的。我想不少新巢，是新手爸媽第一次蓋的，在沒技術移轉及施工規範下，各憑本事品質難免有差異。

燕子是黑背、黑翅，白胸有兩條細長尾巴，飛行極速、技術靈活，修長的身軀非常帥氣，燕尾服就是模仿其型而來，但人穿起來人模鳥樣，比例就是奇怪些。

燕子個性清高孤寒，牠不像麻雀、鴿子，可撒穀子引誘，也不像鸚鵡和人互動，也不能如畫眉、白文鳥圈養。燕從不吃人餵食，與人相處總是保持不卑不亢，但牠又選擇在簷下築巢，與人近距而居、相依為鄰，這表示人燕之間有相當的互信。

我家到育英國校上學路上，要經過三、四十家騎樓，其中有八、九個燕巢，我記得每個燕巢的位置，走在騎樓下必須閃避它們，免得遭糞彈擊中。那是黏糊糊的一坨，帶點腥臭，有過一次就學乖，所以，上學總是呈S型路徑前進，而且路線需 Updated，因為隨時有新巢完工。

剛生的小鳥吃喝拉撒在巢內，但成鳥排糞時，會屁股朝外以保持巢內整潔，早上上學途中，會見到店家主人清除騎樓地上的鳥糞，神情甘之如飴沒有一絲不耐。

但時代進步飛速，人的慈悲心漸失，新世代明亮的店家拒絕燕子築巢，污損門面，而燕子又因農藥濫用，失去生存環境瀕臨絕跡，以往那流線型身軀，靈活飛掠無拘無束的身影，已有數十年不復見。唯有詩詞「舊時王謝堂前燕，飛入尋常百姓家」、「無可奈何花落去，似曾相識燕歸來」記述人燕古往今來的君子之交，但相知相惜之情不再，難免令人不勝唏噓。

在記憶深處的一段美好

這天背上背包正要出門時，妻笑說：「哈！真像小學生背書包上學去。」我轉身朝玄關的鏡子一看，鏡子裡那人，頭戴鴨舌帽，雙肩背著背包，兩腳穿著布鞋，除了年齡不對之外，還真像鄰居的小學生。

回憶就此漸次展開，我一向都用側背包，但為何看見這個後背包時，會毫不猶豫地買下？難道是潛意識在作祟？

我一向不追求時尚，物慾也算淡薄，除了偶爾買書和文具外，我不常買東西。我有愛物惜物的習慣，東西用壞，我會嘗試修理，譬如為洗衣機馬達換新皮帶，為故障的水龍頭或馬桶水箱換新套件，甚至可以說，我享受排除故障的樂趣。但這次在完全不缺背包的情況下，為什麼會情有獨鍾，買下這個黑色、

硬殼的背包呢？我也感到疑惑。我再次仔細端詳這個背包，有個影子在眼前一閃而過「咦，這不是茂雄的書包嗎？」難道我自以為無物慾，但內心深處卻渴望擁有一個和茂雄一樣的書包嗎？

茂雄是我小學最要好的同學，他家是埔里的望族，爸爸是醫生，媽媽是他父親留學日本時，娶回來的日本姑娘。由於家境優渥，所以茂雄每天上學穿的校服是燙過的，腳上穿的是及膝白襪和一雙黑皮鞋，而最亮眼的是後背式黑皮革的書包。

在物質匱乏的民國四、五十年代，小學六年裡我們每人都只有一個洗得泛白的、斜背式帆布書包。全校就只有茂雄這一個日本製，黑得發亮的書包，走到哪閃到哪。但小孩畢竟是小孩，我們平常總是書包隨地一扔，就玩起彈珠、紙牌、橡皮筋。茂雄也不例外，皮革書包也是隨地就扔。大家總是玩得全身髒兮兮才回家，考驗每家肥皂粉的去污力，但隔天茂雄卻又能整潔現身，書包、皮鞋又是上過臘，一閃一閃地令人訝異。

小學二年級的某一天，茂雄邀我去他家，看他舅舅從日本帶來送他的玩具火車，當我走進他家，才知他家有多大，講話居然還有回音。進了內庭，迎面而來是茂雄的媽，打扮典雅、笑容滿面，就是埔里街頭巷尾傳說中的美人。她對我微欠著身說：「依拉蝦以，休月將。」我慌了，不知如何回應，尷尬地一直拉整上衣和短褲，但光著一雙腳丫不知如何掩飾。

我一向習慣放學時，就把布鞋繫在書包上。我去過許多同學家，所有家中大人總是對著我們吼：「囝仔，閃卡邊去」不要礙著大人做事。而茂雄媽的舉止完全不合常理，穿的是日本流行雜誌才見得到的時裝，對待我又像是一位成人貴賓。這時，茂雄將書包交給女傭，就拉著不知所措的我進去他的房間，地上擺的就是一大圈軌道全自動的火車玩具，當小火車起動時，會噴氣、鳴笛，過平交道時，柵欄會噹噹噹地放下來，我目不轉睛地看著火車每一個動作。我家的火車是五、六個小抽屜，各自裝上輪子繫在一起，拉著走，火車音效是自己配的，和這個比算是半自動。

就在這時聽見敲門聲，「豎立麻現」茂雄媽端著一盤茶點，用著不太輪轉的台語，請我使用。「蝦米，原來電影演的是真的！」這樣的待客之道，即使間隔半世紀，我仍然記憶猶新，尤其是羊羹的滋味是那麼甜滋滋、細綿綿。當我要離開時，茂雄媽還送客，歡迎我常來。

那天我回家，特地問媽：「什麼是休月將？」媽說「休月」是我名字的日語發音，「將」是暱稱。我不知茂雄媽是如何知道我的？那年代，鄉下小學生不都是光著頭、赤著腳，一個模樣？

我何以不假思索地買這個背包？動機可能是因為我想擁有和茂雄一樣的書包，還是買一個象徵物，珍惜和茂雄媽初次相見，被人以禮相待的美好回憶，亦或兩者皆有？可以肯定的是，我一向重視並善待小客人的原則，是來自茂雄媽的身教和影響。如同諺語說的「對待小孩要慎重，因為他會記得一輩子。」

陀螺鑽石釘（乾樂）

如果陀螺的鐵芯換成鋼釘，出手時力度夠，可以瞬間將對手的陀螺劈成兩半，那是何等振奮人心的事！發出驚天一擊的傢伙，走起路來，簡直就像民族英雄。

埔里鎮孔廟前有一條打鐵街，每個店家從早到晚，叮叮噹噹此起彼落，不曾停歇。

一般家用的鍋鏟、水壺是到五金行買，但農具則須到打鐵店買，農具中諸如柴刀、鐮刀、鐵杷、鋤頭、圓鍬等，這裡都有，而且還可以客製化農家特殊需求的鐵器。

通常打鐵店的老闆兼師傅負責夾火鉗，一位壯男拿大鐵槌，師傅手挾火紅的鐵塊，欲打成何型？該何處搥打？該何時淬水？該何時放爐內燒、燒多久？

不打不成器
鼓風箱
旺
爐火
打鐵枱
淬水
煤炭
師父

師傅胸有成竹！壯男只負責掄起過肩鐵搥，準確搥打目標即可，因為爐火很旺，店中氣溫甚高，又不能開電扇，以免降低鐵塊熔點。所以，打鐵兄都是光著上身，汗流浹背，搥打時火屑四溢，難免噴及肉身。壯男維持搥打節奏，火屑如同唾面自乾，毫不在意，全身精壯，黑亮得如同綠巨人。

會談起此事，是因為我們小毛頭有樣東西需來此定製，那就是陀螺的鐵芯。一般剛買來的木陀螺，鐵芯是一小段3mm粗的鐵絲，毫不具戰鬥力，我們玩陀螺的規則是輪流將陀螺放在地上的框框中，任由他人釘搥，若被槌出框外就是復活。如果陀螺的鐵芯換成鋼釘，出手時力度夠、準度又佳，是可以瞬間將對手的陀螺劈成兩半，那是何等振奮人心的事！若再口耳相傳，一下子人人皆知，發出驚天一擊的傢伙，走起路來，簡直就像民族英雄。

打鐵店的師傅自己也童心未泯，會接受我們幾毛錢的委託，審慎為之，鋼釘是八面菱型體，大小如同一顆大臼齒。這是每位男童的最愛，為了表現無敵的氣勢，我們會為木陀螺塗上獨一無二的迷彩，就像蠻族戰

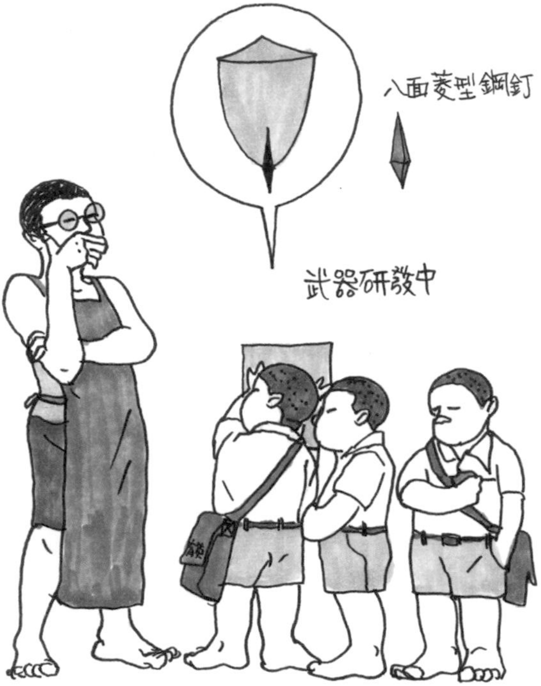

士，或像二戰露齒鯊魚戰鬥機，在開戰前利用氣勢上壓過對手。

打陀螺除瞄準他人陀螺，也須在甩出時，順勢抽拉綿繩，無論攻擊成功與否，都必須保証自己落地的陀螺成功旋轉，否則就需放進框中，換別人釘搥。男童這種好勝好鬥的個性，好像是與生俱來，後來年紀漸長，讀到三字經，所謂「人之初性本善」，我不免有絲懷疑，人之初不是性本「鬥」？如果本善之初，陀螺只顧自己站著旋轉，那有什麼好玩，不是嗎？

關於鐵槌兄，我曾想像過一個畫面，如果鐵搥兄是個臥底者，行動失敗被揭發，而招受火紅鐵器觸身的酷刑，他可能只會覺得今天天氣比較熱而已。

穿鞋的怕光腳的

小販這時會發給你兌換券，此券如同銀行本票，票同現金，認票不認人，如果你同時有兩三張香腸、芋仔冰兌換券，那就是人人稱羨的「好野人」。

民俗謂「三歲小孩貓狗都嫌」是指三歲小孩不知手腳輕重，動輒搥打寵物為樂，所以貓狗都嫌。至於九歲小孩，貓狗都「閃」。九歲大約是唸小學三、四年級，此時智能基本成熟，精力充沛、手腦協調極佳，就如奧運體操或青少年網球選手，都是這年紀已表現出極佳的天賦。

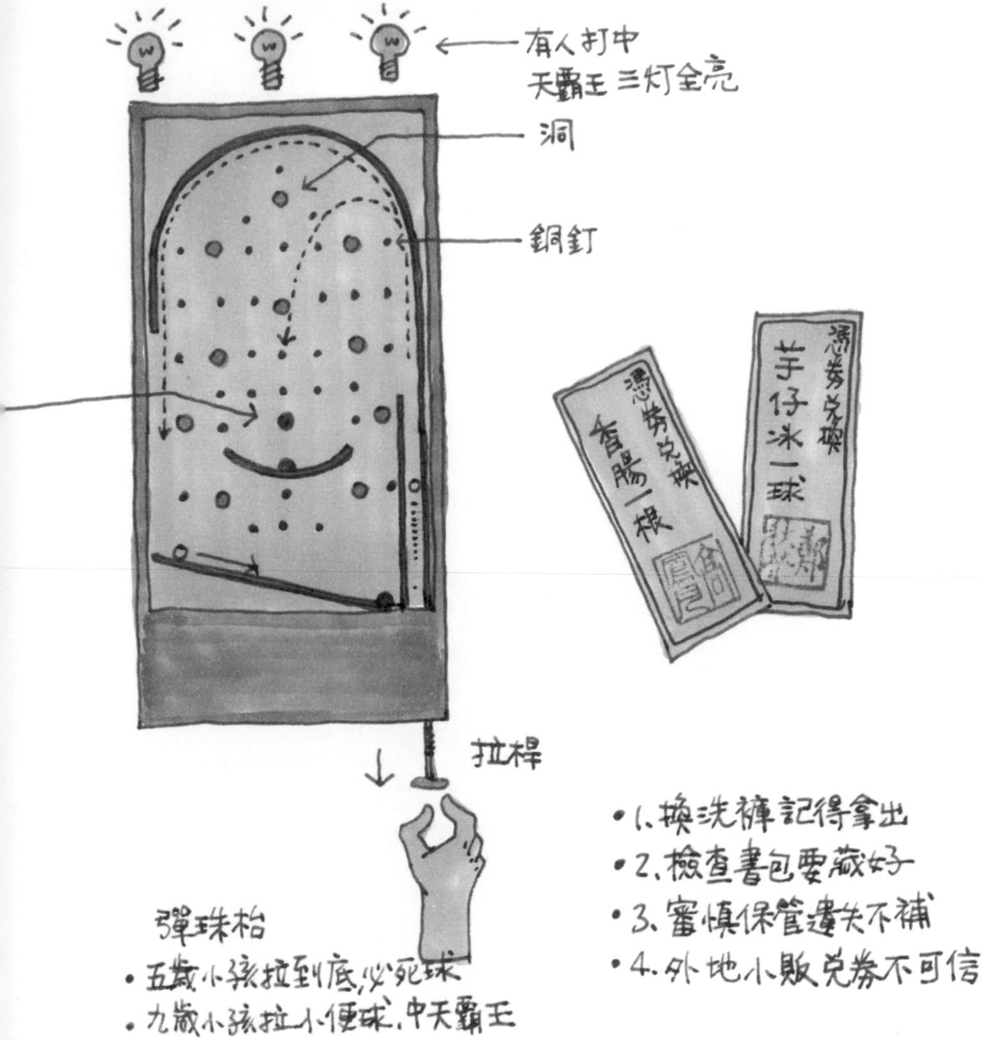
有人打中
天霸王 三灯全亮
洞
銅釘
拉桿
彈珠枱
• 五歲小孩拉到底必死球
• 九歲小孩拉小便球，中天霸王
憑券兌換
芋仔冰一球
憑券兌換
香腸一根
• 1、換洗褲記得拿出
• 2、檢查書包要藏好
• 3、審慎保管遺失不補
• 4、外地小販兌券不可信

所謂穿皮鞋的怕穿布鞋的，穿布鞋的怕穿草鞋的，穿草鞋的就怕不穿鞋的。我們這群人一放學，鞋子掛書包，光腳的街頭小霸王，就連巷子的貓狗，見到咱們都避之唯恐不及，偶爾有敢向我們咆哮的，都是沒捱過彈弓滋味的菜狗。（當然，這行為在今日已被視為虐待動物論罰。）

還有不少賣小孩零食的小販，如賣烤香腸、芋仔冰、畫糖的，你可選擇直接買，也可挑戰小販，以打彈珠、射飛鏢比輸贏。九歲小孩的身手已非昔日三歲阿蒙，而且過去也向小販繳過不少學費，加上天天從遊戲中精練的準度，此時都派上用場，收割季節已來到，加上嘍囉助威下，每每讓小販輸了一屁股，贏得的香腸和芋仔冰，多到一時吃不完，小販這時會發給你兌換券，此券如同銀行本票，票同現金，認票不認人，你可隨時依券索物，身上沒零用錢時，一樣有零食吃，如果你同時有兩三張香腸、芋仔冰兌換券，那就是人人稱羨的「好野人」。

但小孩就是健忘，洗褲子時常忘了拿出口袋的糧票，泡水洗過又曬乾，皺皺不全的票券，小販總以真假難辨為由，拒絕承認，令人扼腕，一夥同儕被洗掉的錢不勝其數。

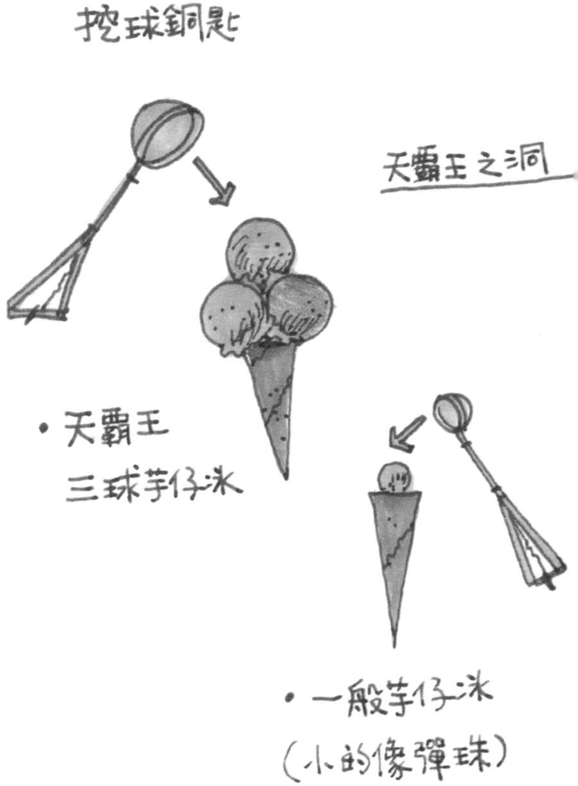

記得學九九乘法時，女生跳繩流行唱「小皮球、香蕉油、滿地開花二十一，二五六、二五七、二八二九三十一」男女生在那年紀是互相敵對的，但這首順口溜，卻潛移默化在腦裡，算術其中一題2x9，不自覺答案就寫成31，當時我們男生還歸究於女生的陰謀，故意傳達錯誤的情報。

當升上小學五年級時，課業遽然加重，除白天上課外，課後再上輔導，當年升初中需經過考試篩選，天天有寫不完的模擬試卷，快樂的童年也就提早結束了。

糞便二三事

木桶中的屎尿很沉重，行進時一定會擺盪，所以挑者必需有一定的步伐和節奏，眼、手、肩、背、臀協調一致，才能完美演出，絕妙處不輸月球漫步。

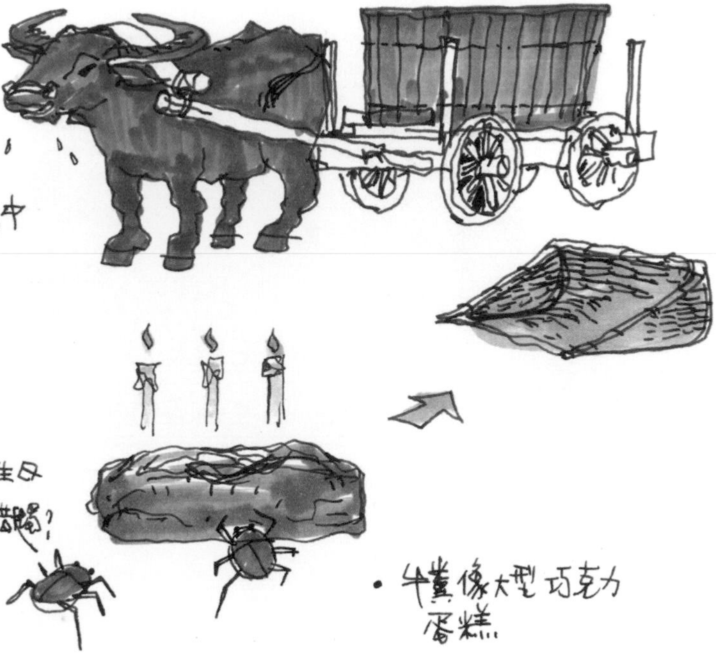

孩提時家住埔里，那是一個生態循環良好的農業社會。小鎮不需垃圾車，若有，勢必蕭條無用，因為當時的人非常節儉惜物，不會有多餘物資需丟棄。一早買菜，攤商以荷葉包物，以稻梗綁紮，荷葉可餵豬，稻梗併柴火燒飯，吃飯時每道菜餘混在一起加熱，下餐再食味同佛跳牆，若再有剩，餵食雞鴨，通常每戶人家都養兩三隻雞鴨，吃鍋巴或剔除的菜葉，偶爾親友來訪，又可宰殺加菜或逢年過節烹煮祭拜。

至於每家糞便的去處呢？通常每月都有固定的農家，會上門挑糞。所謂肥水不落外人田，農家種蔬果，自家屎尿不夠施肥，所以會到鎮上收集屎尿，這一幕生活場景值得一書。

糞坑
臭男生，還大聲講….
榮仔，你昨天大出幾條？
蛔蟲問卷表
鍬型蟲
獨角仙
牛糞龜
日本武士盔甲

農家通常是駕著牛車來，車上有個大木桶，來到一戶人家，挑者以扁擔肩挑二木桶，到後院糞坑掏糞，裝滿後，再挑至牛車倒進大木桶，作業中，可看出挑糞者的真本事。

兩木桶盛滿時，至少四十斤重。用扁擔挑，而住家通廊又暗又窄，又不許溢出。分析其標準姿勢是：一手放扁擔頭，控制前進方向，一手放後桶的籐掛上，前進時，側身和兩桶成一直線。因為扁擔和籐掛是有彈性的，而木桶中的屎尿又很沉重，行進時一定會擺盪，所以挑者必需有一定的步伐和節奏，眼、手、肩、背、臀協調一致，才能完美演出，絕妙處不輸月球漫步。

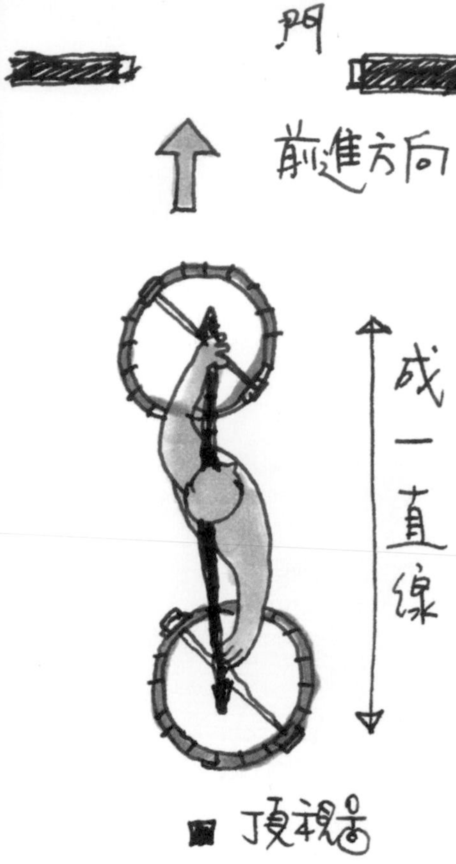

其實，屎尿經發酵不會像新鮮的惡臭，倒有點像醬油釀製廠的味道。當牛車的大木桶都裝滿後，就載回菜園旁的露天糞池，這也是鄉土的主要氣味來源之一，糞池經日曬，通常表層會形成粗糙，如柏油路面的表象，但這是經不起踏的。

記得小學有次放學回家，一路上和同學邊走邊玩球，不小心球落在乾燥的糞池上，同學試著輕踏其上去撿球，結果，馬上陷進去，還好坑都不深，大家拉起他，陪他曬乾身上屎尿，乾後再輕拍灰泥狀的屎塊。不經一事不長一智，有了同學的經歷，再次經過糞池邊時，都會懷著敬畏之心。

只要牛車上街，必定沿路拉屎，農家會準備畚箕收拾善後，牛糞纖維多，可再當燃料，曬乾也可摻做牛棚的土磚用。偶爾在馬路上會發現沒人認領的牛糞，那是難得的天物，可以在其中，找到黑亮、孔

■ 標準姿勢

武有力的糞龜蟲，帶回家當寵物。當班上又流行玩甲蟲時，你若沒半隻可秀，那是很丟臉的事，糞龜蟲、獨角仙和鍬型蟲，就是日本武士盔甲的造型樣貌之一。

屎尿施肥的蔬果會有其缺點，也就是糞中的蟲卵，若在煮食過程中，未被完全消滅，會在人體寄生，所以，小學固定週期會給學生蛔蟲藥，藥吃後過兩天，還得回報老師排便狀況。如今，台灣已完全進入工業社會，但也疏忽了生態的維護，衍生了嚴重的環境汙染和破壞，不肖業者過度使用抗生素和生長激素，養殖雞鴨魚蝦，又用化學肥料和農藥增加蔬果產量，最終還是人類自食惡果。

環境浩劫換得的經濟成長，代價是否太高？有鑑於此，恢復農業時代的養殖概念，油然而生，使用有機堆肥，杜絕化合物進入食物鏈，找回千百年來自然的生態循環，不強求、不躁進，人類在面對天地萬物，要懂得尊敬和謙卑。

枝仔冰有兩種

阿祥買冰棒，他娘交待需先讓他小妹咬一口，你可知道三歲小孩嘴巴有多大？

黃橙色的清冰，透明圓柱體二公分直徑、十五公分長，一枝兩角。吸吮享受期二分鐘，用咬的一分鐘，口味冰甜屬平民等級；乳白色牛奶冰，長方體約1*4*8公分，一枝五角，質地細密入口即化，屬人間極品。媽給的零用錢是每天兩角，若想吃牛奶冰，需儲三天，所以我一向只吃清冰，但哥與弟會向阿嬤、姑媽撒嬌，常有外快可拿，所以他倆只吃牛奶冰，真令人羨慕。

暑假時，家境較差的孩子會批一桶冰棒來賣，多少幫助家計，既是同學當然要棒場，再說也受不了這種誘惑。尤其在沒冰箱的時代，夏天吃冰是何等享受。我們兄弟三人買枝仔冰，能自己獨享，隔壁阿祥買冰棒，他娘交待需先讓他小妹咬一口，你可知道三歲小孩嘴巴有多大？想起阿祥妹妹張口咬下時，阿祥討饒不捨的神情，至今記憶猶新。

至於剉冰，那是五星級冰品，需月考全科滿分才有的犒賞，因為要求門檻太高，吃到剉冰的次數屈指可數。吃剉冰的過程是倍受禮遇的，首先手握零錢來到冰菓室，選定位置坐下，向老闆娘指定冰品，然後正襟危坐，端視整個製作過程：

老闆娘拿起雕花玻璃盤，先用湯匙盛些李仔鹹、木瓜乾、紅豆、薏仁，然後放在剉冰機下搖幾圈，盛滿滿滿的剉冰花，再淋上一圈花鷹牌的煉乳，雙手捧到你面前，湯匙內一些蜜餞配一些冰花，放進嘴裡滿口幸福美滿。

想延長賞味時間也不行，當冰花在嘴裡融化時，快樂的童年時光也一起消逝了。

過年新衣與麵粉袋汗衫

大年初一鄰居相互拜年時，整條街的孩子幾乎清一色都穿卡其服，就像學校朝會般，不一樣的是每個小孩穿的，都是大幾號的卡其服。

不知兄台家居何處
如何稱呼.
草鞋巷，人稱
阿狗是也.

再怎樣貧乏，家境再不好，台灣人過年還是會依習俗給孩子買新衣，只是，考量經濟效益，很多爸媽會給孩子買卡其制服當新衣，所以大年初一鄰居相互拜年時，整條街的孩子幾乎清一色都穿卡其服，就像學校朝會般，不一樣的是每個小孩穿的，都是大幾號的卡其服。

顯然所有父母都打著同樣的算盤：一，孩子長得快。二，衣服需傳給弟弟穿。三，卡其服第一次下水縮很多，所以買大幾號是絕佳選擇。結果個個穿得拖泥帶水，像唱歌仔戲的。

我哥從小長得帥，又是老大，當然都是穿新衣，而我則是撿他的舊衣穿，但我很喜歡舊卡其服，又軟又合身，雖然手肘、膝蓋有補丁，但是還頗酷。今日，年輕人不也流行把牛仔褲故意做得很舊，還要劃破或補丁，才顯得時尚嗎？

而我弟長得可愛，又特別愛照鏡子。他絕不穿我的舊衣，所以我的舊衣下場就是抹布，阿佳狗窩的那塊布墊，也是我的舊衣，有時阿佳行為不檢被我修理，牠就找那塊布報復。

小學上體育課時，班上男生只穿汗衫，每人身上都有大大小小的破洞，若是誰穿新汗衫，就得被每人打三下。汗衫最常見的是美援麵粉袋改裝的，只要在空麵粉袋剪三個口就好，麵粉袋上有握手的中美國旗，不論胖瘦每人都淨重 30KG。其餘汗衫都是商家贈品，胸口都印有商標，記憶中有歐樂肥、興農農藥、八寶粉、五分珠、鐵牛運功散、驚風散……大家總是在秀出汗衫時，互相揶揄，其樂無窮。那是個沒有貧富，一視同仁的快樂童年。

純棉麵粉袋

內衣秀場

南來北往縱貫線

在這群司機的慫恿下，我決定參加「學齡前的壯遊」，想親眼目睹繁華的台北城，好向同儕好好吹噓。

埔里位於台灣地理中心，是處群山環繞的盆地，氣候溫和、水質極佳。當地農產品如甘蔗、茭白筍、柑橘、梨子、水蜜桃，品質優良全台稱冠。

農作物大量收成後，必須即時運往都會，才能賣得好價錢，即所謂貨暢其流。

父親看到當地運輸需求的商機，也投入貨運業，買了三部大貨車。通常一部貨車，備司機一人、搬運工兩人，貨運界的黃金路線就是埔里直達台北的果菜市場，在沒有高速公路的時代，走的是貫穿南北各鄉鎮的縱貫線。

雖然我生長於這偏僻的山城，又是在資訊不發達的 1950 年代，但透過電影，也知道外頭的花花世界，內心一直充滿著憧憬。平常很

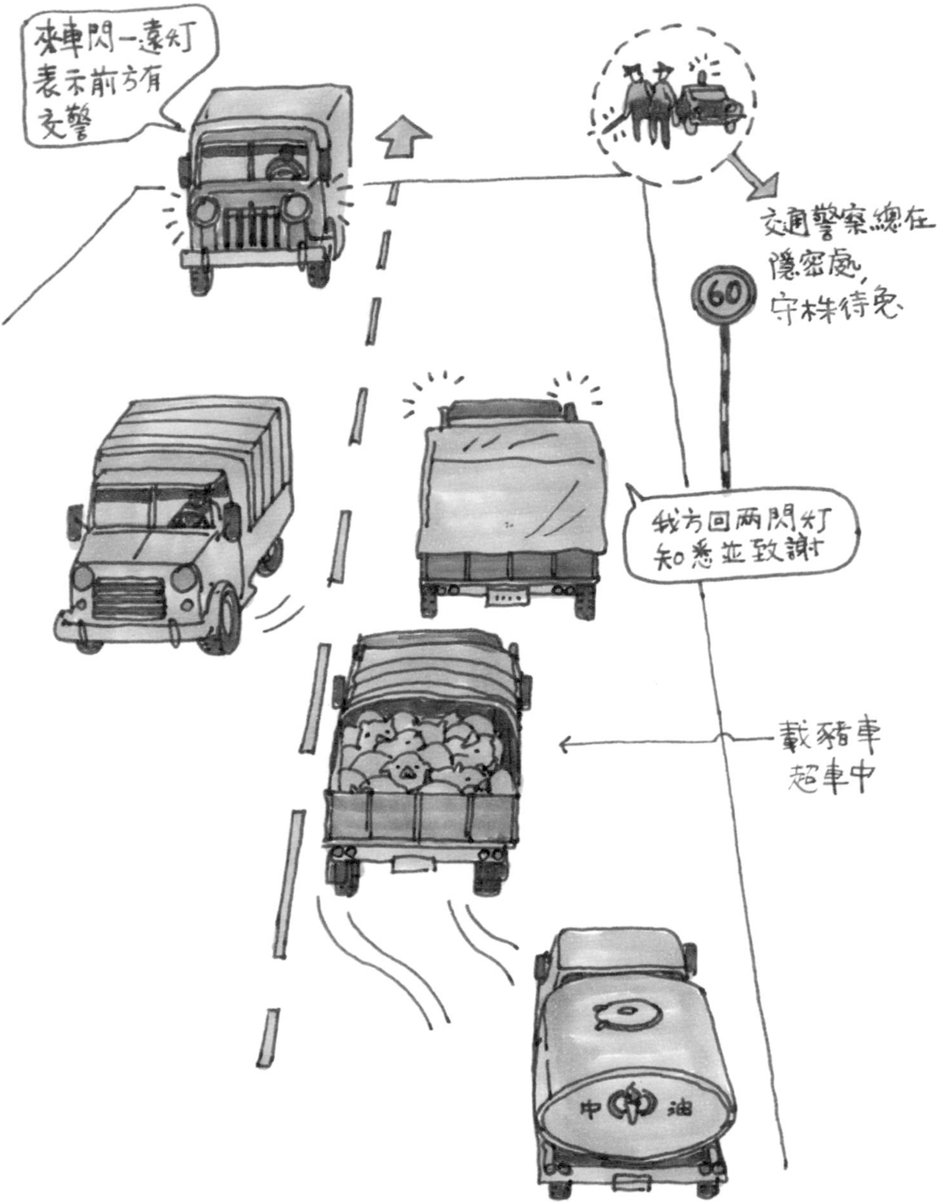
來車閃一遠燈
表示前方有
交警
交通警察總在
隱密處，
守株待兔
60
我方回兩閃燈
知悉並致謝
載豬車
超車中
中油

喜歡聽司機聊旅程趣聞，終於在這群壯漢的慫恿下，我決定參加「學齡前的壯遊」，想親眼目睹繁華的台北城，好向同儕好好吹噓。

通常運往台北的貨物必須在白天搬運妥當，並蓋上大帆布以免半路下雨，車子也加滿汽油，當大夥兒吃完晚餐後就正式上路，預計車程須連續駕駛六、七小時，趕在凌晨到達台北果菜市場，然後交貨、卸貨、拍賣，依規定在清晨四點前駛離台北，以免影響都會的通勤。

我猶清楚地記得，壯遊當晚我梳洗後，興沖沖地爬上駕駛座，坐在司機旁，眼前視野極佳。當車子駛離埔里，一路朝西方向，開了約兩小時才接上縱貫路，夜間縱貫路車輛之多超乎想像，延綿的車頭燈一輛接一輛，大家都遵守規則，開近燈行駛。這時有輛來車突閃一下遠燈，司機對我說，這是個警訊，表示有交通警察出沒。果然，當我車往前行駛一小段路，路邊停一部抓超速的警車，這是司機間彼此照應的祕密，畢竟接一張罰單，可能就去掉整個月的工資。

其實司機真正要提防的是載豬車，他們是最瘋狂的駕駛，會一路違規超車。

聽說，貨主通常就坐在司機旁，每超過一部載豬車就給賞金，因為越早到拍賣市場，肉價愈高。而且豬隻自被載上卡車，車子高速飛奔，豬隻在擁擠又驚嚇的情況下會互咬，加上一路拉屎又拉尿，每隻豬隻越晚送達目的地，體重就掉得愈多，總體的損失會相當可觀，所以貨主才會以這種不當的方式，鼓勵司機超車。

當我們的車繼續前行，此時興奮度逐漸緩和，加上車子規律地搖晃，意識漸漸模糊起來。當我再睜開眼時，只見司機已趴睡在座位上，車子早已經卸完貨，駛離台北，在回程僻靜的廢道上補眠。我實在太挫折了，剛才居然沒人叫醒我？

當司機和工人都睡飽後，和一群同業就近在小吃攤用餐。我特別注意到其中一人模樣很特殊，長得類似熊貓，熊貓臉白眼圈黑，他則是滿臉黑兩眼圈是白的。他是專開海關進口陽春車架的司機，當年台灣工業水平尚不足以製造汽車引擎，但政府需逐步扶持造車業，所以只准進口引擎及車架，車體則須在國內打造，新車主就需委託這類司機從基隆港口，將新車開至指定地點。

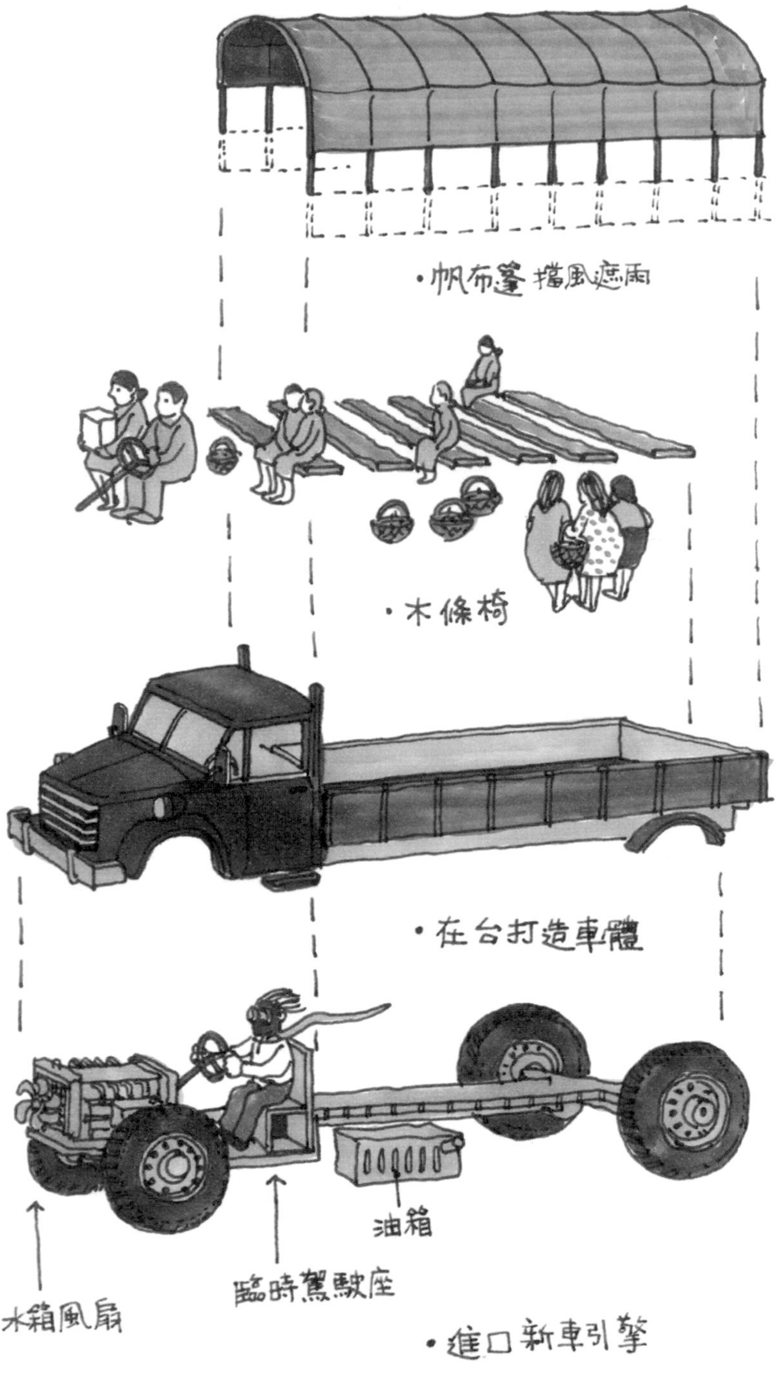
·帆布篷 擋風遮雨
·木條椅
·在台打造車體
油箱
臨時駕駛座
水箱風扇
·進口新車引擎

這位熊貓司機吃完飯，戴上護目鏡，坐上木板打造的臨時駕駛座，揚長而去，帥氣模樣就像二戰戰鬥機飛行員。至於臉為何這麼黑呢？一來因為天天餐風露宿，被太陽曬的，二來是烏賊車燻的，所以長期用護目鏡遮陽，造成兩眼圈是白的。

聽說此類司機工資很高，而且新車主給的紅包更可觀。

回程在路旁有不少肩挑貨物的短程散客，向回程空車招手，若是順路，貼點油錢，彼此給個方便，這是司機及搬運工的外快。

自從家裡有貨車，每逢媽祖誕辰慶典，父親備置幾個長木條當椅子，再搭起帆布篷，就成直達北港的客車，服務鄉親，成為美談。只是木條椅沒靠背，車起步，人會後仰，剎車時人會前傾，最後大家乾脆都坐地板，來回的車上，真是熱鬧非凡，記憶深刻。

我的壯遊台北變成夢遊台北的糗事，孩提時代，老被大人提起來當笑柄，每次總能氣得我面紅耳赤。當時幼小的心靈是這麼在乎自尊，而在歷經世事一甲子後，卻成為自我解嘲的有趣題材。

錢鼠非鼠？

連棟式的騎樓將所有店家串連成一體，雖然每家不一定都有養貓或狗，但一定都養有一、兩隻老鼠。老鼠不會集中在某一家，因為食物會不夠吃，所以，鼠輩自會分家。一兩隻就算了，但你絕對不能讓牠們在你家繁殖。

當我在衣櫥抽屜發現一窩約七、八隻，紅通通未睜眼小鼠，大人認為這已是到了忍耐的極限，開始擬定捉鼠計劃。我們不會用毒鼠餌，因為騙得過老鼠的餌，一定騙得過家犬、家貓，到時貓狗會枉死。

爸從五金行買回捕鼠籠，我們兄弟可興奮了，在旁聽大人悄聲地研商對策，為什麼要小聲？因為此時躲在天花板上的老鼠，也正豎耳傾聽，你若高談闊論，洩漏軍機，鐵定無法達成任務，這點是絕對可信的，你看家犬都聽得懂人語，家鼠智商，可能高過家犬。

捉鼠一定要有周全的計劃，每晚睡前需確定無留下任何食物，然後再檢視鼠籠機關，設好陷阱之後的每一天，我們只要一睜開眼，總是先跑去看籠子捉到沒？但老鼠還真是聰明，就是不上當！最後在飢餓難耐、抗拒不了籠內麻油雞塊的誘惑下，終於在一星期後遭捕獲。

接下來大人又有難題要解決，民間傳說老鼠有兩種，一種是錢鼠，一種是家鼠，錢鼠是錢爺，是會咬錢來的，讓你家致富，這是求之不得，必須以禮相待；若是你拒之，甚或殺之，那你準備當一輩子窮人，此事滋事體大，怎可輕忽以對？

於是爸邀來鄰居長輩一起判斷，老人說錢鼠嘴尖，並會發出錢聲，台語發音「ㄐㄧˊㄣ」於是，我們用筷子輕觸籠內老鼠，牠吱吱亂叫，發音與錢不怎麼吻合，再看看牠長相，嘴是有點長，但要多長才算尖？因為若是誤判，攸關一家未

傾聽中、
‧戰略研擬中....
‧戰犯確認中....
WANTED
10
9
8
7
6
5
根據日內瓦公約
....

來貧富大事。最後是爸騎機車，將牠載至郊外野放，至少不會殺錯。

年紀漸長，回想兒時這段記憶，直認為一定是當時民智未開，所謂錢鼠，跟本就是老鼠。數年前，無意中看到一篇文章，提到錢鼠非家鼠，錢鼠是哺乳類食蟲目，有周全的牙齒，門牙、犬牙和大、小臼齒，嘴尖，叫聲「ㄐㄧˊㄣ」，母鼠帶小鼠時，會成一路縱隊，後隻含著前隻鼠尾，依序前進，很有教養。而家鼠則是齧齒目，僅有門牙和臼齒，門牙無牙根，會一直長長，所以常咬傢俱來磨牙，造成桌椅衣櫥，咬痕累累，令人生厭。

這篇文章解開我多年的疑惑，還真的有錢鼠的存在，頓時渾身甚感輕快，也引起我一番想像，趁記得趕緊畫下來。

打架才需鬥雞眼

小鬥雞一天天長大，每到餵食時，發現每隻身上都掛彩，一拐一拐地來，但打架依然是每天的例行公事，且樂此不疲。

我學齡前的某一天，媽從市場帶回一籃子剛出生的小雞，毛絨絨、吱吱喳喳的很可愛。只要你一出現，小雞必定立刻將你圍住，仰着頭，吵著向你要吃的。

小雞長得很快，讓你餵得很有成就感，不到兩週，個個已身手俐落，吃飽喝足，兩兩捉對相鬥，即使羽冠未長齊，但架勢十足。家人訝異之餘，才發現這窩不是一般小雞，而是鬥雞。我曾經看過大的鬥雞打架，那是非同小可，彼此仇恨之深，是不能用言語化解。兩雞一看到對方，就迅速就位，喙對喙，眼對眼，羽冠豎立，一方面想用猙獰表情嚇唬對手，一方面專注尋找對手弱點，並擬定進攻招式。

通常草食性動物，兩個眼睛長在頭的兩側，如牛、馬、羊，這樣

你賭那隻會贏?

吃草時，可隨時注意到周邊的動靜。而肉食性動物則一雙眼睛長在前面，才能產生立體視效，掌握距離，準確地捕捉獵物。

鬥雞和一般雞都是吃素的，但要打架就需兩眼直視前方，掌控攻守距離，也就形成所謂的鬥雞眼。有趣的是，鬥雞只針對鬥雞，才會脾氣暴躁，你若將牠抱離，牠又會乖順地讓你撫摸。小鬥雞一天天長大，每到餵食時，發現每隻身上都掛彩，一拐一拐地來，但打架依然是每天的例行公事，且樂此不疲。

後來，媽還是決定分送給不同的鄰居養，受傷的雞是養不大的，而我從鬥雞身上，也悟出一些打架的招式，頗為實用。只要先怒視對方，再擺出誇張的架勢，通常對方不明就理，就會知難而退。

我突然明白，武俠世界裡的鶴拳、蛇拳、螳螂拳就是這樣產生的。只是打動物拳的，總是在表演熱身操後，被真正的武林高手，一刀斃命，看來花俏的，不一定實用就是。

遠親不如近鄰

媽媽突然肚子痛，趕緊央求鄰居去找產婆，產婆未到我已出生，左鄰右舍齊來幫忙，所有事情井然有序。

嬰兒洗澡

小時住在埔里中山街，每天上學從家門到學校的路徑中，要經過百來戶店家，有麵攤、中藥鋪、冰菓店、五金行、雜貨鋪、戲院、草鞋店……每家店的長者都認識你，所以見著面都需照媽吩咐，尊稱阿伯、叔、嬸、婆，很像現在政客選舉拉票一般，感覺整條街都是你家族般地親切。

鄰居的婚喪喜慶，都是大家的事，大家早已練就如何分工合作，和即時協助的機制。媽曾告訴我，我出生當天的清晨，爸上台中採買貨源，而媽如常一早就忙店裡的生意。媽媽突然肚子痛，趕緊央求鄰居去找產婆，產婆未到我已出生，左鄰右舍齊來幫忙，有的燒飯、燒開水，有的幫忙店裡的買賣，有人幫我這新生兒洗澡，還有人帶姊及星哥去他家吃飯，所有事情井然有序，直到晚上十點，爸爸從車站輕鬆散步回來時，才知我是早上九點就出生。所以鄰居阿伯、阿嬸都是我的至親，這種綿繫的近鄰感情，隨著社會快速變遷，已經一去不回了。

尤其是遷居到都會後，對比更強烈，我住台北已有三十個年頭，公寓梯廳偶遇的鄰居小孩，漸次長大，但和你永遠保持距離。現代都會人沒有一起生活的感覺，悲喜與共的因緣，又怎能有所企求呢？

埔里作醮

作醮是謝天地、敬鬼神最隆重的慶典，十二年才一次。作醮要建高數層的祭壇，並舉辦神豬競賽，看誰家養的豬最重，敬意最高。

我深深記得，小學二年級時，第一次遇上埔里作醮。在農業時代，作醮是謝天地、敬鬼神最隆重的慶典，十二年才一次。作醮要建高數層的祭壇，並舉辦神豬競賽，看誰家養的豬最重，敬意最高，參賽的神豬，都供奉在祭壇兩旁，觀眾品頭論足，得獎的也高談他的養豬撇步。慶典期間，需齋戒茹素三天，開葷時到訪的群眾，瞬間讓埔里人口增加十倍。

在那個年代親戚互動走得很勤，凡節慶都是攜家帶眷，前來共襄盛舉。我父親來自大家族，來訪親戚眾多，大大小小應有三十人。因為埔里是偏僻的山城，以當時的交通，不是一天可輕易往返，來訪的親友都有留宿，僅是天數多寡而已。我家榻榻米上要擠多少人都行，女性親戚是來幫忙，張羅大夥兒吃喝的，以前不像現在，什麼都上商場買，或上餐廳吃，一切都要自己做。廚房即將有大陣仗，最主要還是為了擺出最豐盛的貢品，祭拜神明及祖先。

於是大夥分工，炊粿、搓湯圓、做香腸、肉鬆、火腿、包粽子、滷蹄膀、烤雞鴨，這樣的流水席足足吃了數天。在沒冰箱的年代，一頭豬加上雞鴨三牲禮，除現做現吃之外，也要醃製加工，吃不完時讓大家當伴手禮拿回家。

大灶缺柴

由於廚房的工作人多事雜，定要有輩分高、能力強的人當總監，我姑婆自願承擔此重責大任，大家本以為她見多識廣，必能輕鬆勝任，但事後發現姑婆的醃製品全然失敗。還好每位女性長輩，現炒料理深具功力，讓大夥餐餐都大快朵頤。至於姑婆做的伴手禮，是又黑又酸的香腸臘肉，以及不酥不鬆變成顆粒狀的肉鬆，我納悶，在相信蹧蹋食物會遭天譴的時代，不知這些親戚，是如何將伴手禮吞下肚？

當持續整月的慶典接近尾聲，親戚一個個依依不捨地告別。我算了一下，下回埔里作醮我就二十歲，那不是已成年了？真難想像那有多老，是不是已結婚生子？

時光荏苒，埔里再作醮時我二十歲，念大學。那時我家剛搬離埔里，加上時代快速變遷，親戚互動變得疏遠，慶典也失去古味，那一次我逛了醮壇一圈就離去。接下來再作醮我三十二歲，成家後搬來台北住，那次沒去埔里。匆匆又來到四十四歲，也沒去。雖然那段期間曾接過埔里市場、埔里別墅的設計業務，定時得去埔里勘察工程進度，但都不是為慶典特別前往。

我五十六歲時埔里又作醮，哥和我回草屯探望高齡的爸媽。由草屯開車去埔里只要 35 分鐘，哥邀爸媽去埔里看醮壇，回味當年作醮的盛況，爸體力較差不想去，於是哥載媽去埔里蹓躂，我留下陪爸聊天。爸那天談興甚高，無所不聊，過去我兄弟和一向嚴肅的爸，總有些許距離感，那次是爸與我談得最親近的一次。

隔天，我有事先回台北，和哥約好三天後的週末再回草屯，沒想到爸卻在週末前一天，無病痛、無預警地悄然離世，沒留下一言半語，這是跟作醮有關，最令我傷痛的記憶。

算算阿嬤過世已有25年，但阿嬤優雅的容貌，溫和的談吐，依然如昨夜般清晰。

阿嬤娘家非常清苦，而阿公卻是名門之後，富甲一方，是當年草屯唯一的秀才，草屯鎮誌亦有記載。在貧苦的時代，富有的男方娶妻帶妾是社會常見，阿嬤家境差，也讀不起書，只能依媒妁之言做小的，阿嬤為阿公生下三歲的阿姨和剛滿月的媽，然後阿公就往生了。當年阿嬤30歲不到，家族討論分配遺產時，長老認為阿嬤年輕，可再

我和阿嬤一生的祕密約定

阿嬤希望我也捐獻積蓄做善事，那時我私房錢不少，年年壓歲錢不曾花過，又定時更換藏錢位置，以防內賊。既然阿嬤開口，我就交給阿嬤，全權處理。

他嫁，應留下二女，由家族撫養，不需分產，但阿嬤發誓守寡，要自己撫養二女，於是分到一點田地，靠一些田租過活，住在家族院落最偏遠的角落。

媽從小就感受家族的欺壓和冷落，養成媽堅毅而獨立的個性，媽以優異成績，自中學畢業後，就取得教職，接阿嬤同住，相依為命。當媽要和爸結婚時，媽言明需帶阿嬤在身邊，爸同意，所以大姊及我們小兄弟從出生就有阿嬤呵護，阿嬤對每個孫子都有她專屬的稱謂，如卿ㄚ、星個、榮個、賢個，是甜入心坎的稱呼，當阿嬤往生那一刻，我意識到，這稱謂也隨她而去，這輩子不再聽聞，除在夢裡。

阿公家是在草屯鎮郊的院落大厝，阿姨嫁在同村，並開雜貨店，阿嬤在同村有許多要好的鄰居，一起聚集在店內，有關全村最新消息，皆在此放送，如同今天的路透社。在那清苦的年代，人們互相依靠，也非常認命，尤其對宗教信仰異常堅定，阿嬤當時在鄉親引介下，入了一貫道，也茹素一生。

記得我小二暑假，隨阿嬤來阿姨家，某一晚，阿嬤神祕地說要帶我去散步，我讓阿嬤牽著手，依著淡淡的月光，走在田埂上，來到一處民宅。進入門堂，已見著多位常來雜貨舖聊天的鄉親，依阿嬤的話向每位長者尊稱一巡，但每人都刻意壓低音量。再進入內堂，阿嬤要我隨黑衣婦人的指揮，拿著香，跪拜多次，為時甚久，像是宗教儀式，當禮成返家時，阿嬤慎重地交待絕不許和他人談及此事，尤其是我媽，這算是「我和阿嬤一生的祕密約定」。

年齡漸長，我明瞭那是皈依儀式。當時政府正大力破除迷信，稱有不肖分子，假借宗教向無知民眾斂財，又貶一貫道為鴨蛋教，鼓勵民眾檢舉，造成信眾行動愈加神祕。

平常媽定時會給阿嬤零用錢，阿嬤不讓媽知道，都拿去奉獻，自從我和阿嬤約定後，阿嬤希望我也捐獻積蓄做善事，那時我私房錢不少，年年壓歲錢不曾花過，又定時更換藏錢位置，以防內賊。既然阿嬤開口，我就交給阿嬤，全權處理。小四之後，為考初中，暑假需課輔，不再隨阿嬤回阿姨家，但阿嬤行前暗示我，結果再次「零存整付」。

幾年前，有次和媽、姊聊起生前的阿嬤，說有回阿嬤生病住院，媽領了三萬元，放阿嬤身上，準備付住院費及營養費，當時尚無全民健保。結果，鄉親來探病，阿嬤全數給她，請她代為奉獻，媽才知幾十年來，給阿嬤的錢，沒看過阿嬤花過，原來都是這般下落。突然，姊說也沒見過我花壓歲錢，我才說我從小有的積蓄，也是交給阿嬤，媽和姊更加訝異，這祕密我守到阿嬤往生後，十幾年才說出來。或許，阿嬤看得出，我是唯一守得住祕密的孫子。

當航業鉅子光明正大宣揚一貫道，及其悲天憫人的教義，從此，信徒們不需再遮遮掩掩，還其應有之尊重和信仰自由，阿嬤地下若知應感安慰。阿嬤遺願是能回阿公洪家神主桌，由洪家子嗣祭拜，這點最後也如願了。舉喪時，洪家家族上下，連旅居外地的晚輩都趕回，皆穿喪服，視阿嬤為洪家尊長，場面肅穆隆重，連墓地也選在阿公墓旁，讓阿公、阿嬤再續前世緣，也讓阿嬤為阿公守貞一生，至此不再遺憾。

每年掃墓時，媽除準備鄭家祖先的祭品外，也精心準備阿嬤最喜歡的幾道素菜，由我和弟前往祭拜。感念阿嬤呵護之恩，難以回報……

番外篇 電影分級

你要選擇在課堂上無聊趴睡流口水，還是看愛雲脫衣流口水？那得看你離缺課死當的餘額有多少而定。

那天，來到西門町辦事情。臨時起意，想看看電影吹吹冷氣。沒刻意選片就進場，燈光一暗，本以為影片就要上映了，結果是冗長的電影分級宣導：什麼是普級、輔導級、限制級。難道說我若不符合看此片資格者，此刻就得起身離座？誇張的是，居然又重頭再宣導一次，我無奈地閉眼休息，思緒瞬間回到大學時看電影，充滿期待的興致。

戒嚴、電影無分級的時代，所有影片上映前需經電檢處審核，只要有違反善良風俗的畫面就剪除，所以常常電影演到男女主角，快到屏息的一幕，突然畫面一黑，唉聲四起。等畫面又恢復時，主角已辦

完事，不是在喝茶就是在床上抽煙，還真是XXX！

我個人很喜歡吳念真的文筆，或許是我們同齡，成長的時代背景相似，頗能引起我的共鳴。他在《這些年、那些事》書中提到他年輕時曾在台北上補校，同鄉友人在西門町畫電影看板。當年男生夢中偶像：義大利明星愛雲芬芝，我至今記憶猶新，她是個身材高挑、肌膚雪白、五官細緻、頭髮烏黑、紅唇媚眼的絕代美女。當年，只要有她的新片上映，同學就會爭相走告，老鳥都知道必須在第一場上映前十分鐘就座，片商會放映被剪除的精華片段。

這應是一方面尊重管區警察的職責，另一方面又顧及片商宣傳的折衷方案，彼此心照不宣。唯一困擾我們的是，愛雲上片時偶爾會和通識課衝堂，而通識課老師是每堂點名的老學究，一學期只要點名三次不到必死當，以維持基本出席率和他個人自尊。

你要選擇在課堂上無聊趴睡流口水，還是看愛雲脫衣流口水，那得看你離缺課死當的餘額有多少而定，有點個人造業個人當的感覺。

時光流逝，如今誰管你影片分級，真要看色情片上網抓就有，但少掉那層面紗，再也找不到足以和記憶中的愛雲媲美的……如今青春已逝，血氣方剛之齡已遠，即使看×級，也像看普級一般心平氣和，誠如古人所云：三十而立，四十而不惑，五十知天命，六十耳順，七十隨心所欲不逾矩，如今已過耳順之年，要是七十還能逾矩也太難了吧？

編注：小編特別上網查詢劇照，看看這位我8歲時大紅的愛雲芬芝是何德行？結果發現，1975年愛雲芬芝的戲服已經贏過今日奧斯卡紅毯上的女星，無法比她的布料更少，還能掛在身上。

散場，擦地板

動物狂想曲

(汪汪班機)

新聞：日前閱報一則：全日空推出汪汪班機，讓狗與主人同遊，全程坐客艙，有專屬狗餐飲料，旅館亦提供愛犬泡湯按摩等服務，行程推出，售票一空。

❶ 小狗正銜著登機證上機（轉繪自新聞圖片）

❷ 巴哥犬長相總是遭海關人員刁難

❸ 金屬反應是因為我的金屬項圈

❹ 空中小姐向乘客說明注意事項

❺ 聖伯納犬頸繫酒桶便當，讓貴婦般的貴賓犬很不以為然

BEAUTY PUPPY
・飛機餐真不是"人"吃的
・我是狗,我很喜歡...
・第一次坐飛機?

❻ 飛機餐好吃又免費

❼ 第一次搭機者全身發抖

8 下機時，性感草裙犬，跳舞迎賓

（貓咪競選人）

新聞：俄羅斯 Barnaul 小城選市長，當地官員貪污醜聞頻傳，市民相信貓比其他侯選人可靠。

❶ 市長侯選人：巴錫克 Barsik，男性 ，十九個月大，純正暹邏血統

❸ 民調落後者奮力求勝

❷ 貓以民調91% 遙遙領先另外六位侯選人，前市長貪污被訴，市民反感發酵

❹ 抹黑是絕招，狗仔跟蹤蒐證

❺ 貓有緋聞又挑食

❻ 貓不事生產又愛惹事生非

❼ 每位候選人各有未爆彈，互揭瘡疤，更不利選情

8 貓一如預期高票當選，是繼日本JR貓站長後，又一擔任公職的貓行者

(後港蛙里長伯)

新聞：後港里蛙鳴擾人入眠，有人報警取締，但因找不到開罰對象，警政署決議日後，不再協助處理鳥叫蛙鳴，徒增警察額外勤務。

---

❶ 綽號：四眼田雞 / 犯行：違反噪音管制法 / 罰鍰：新台幣六仟元

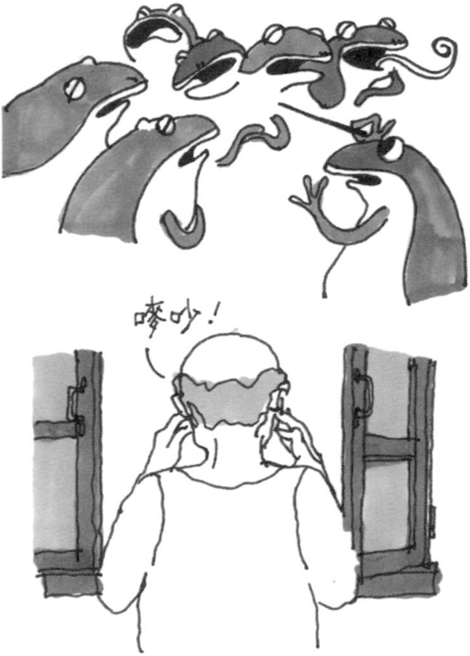

2 夜間蛙鳴太吵，令人無法入眠

3 有人報警取締噪音

4 警員前來，先找青蛙里長

5 開出噪音罰單

6 青蛙里長號召以工代賑

7 從此後港溪笑聲不再

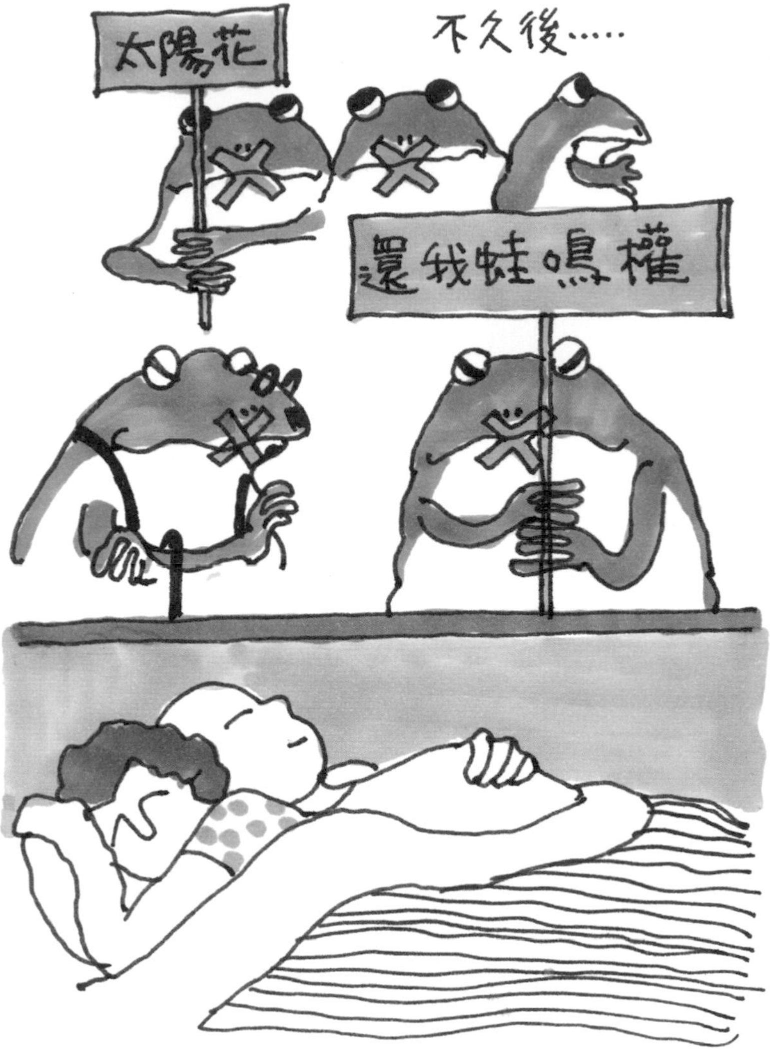

8 不久，群蛙為維護蛙鳴權抗議

(Bella)

新聞：澳州的 Luke 先生遺失名叫 Bella 的巴哥犬，他趕緊向當局報備，並上網請大家協尋，結果尋回兩隻巴哥犬，到底哪一隻才是 Bella ？另一隻又是誰的呢？這是帶點幽默情節的新聞，在同時同區同種犬遺失，又有一個 Happy Ending，真是不畫不快的題材。

❶ 巴哥犬 Bella 趁主人不注意時，偷溜出門

③ Luke 的朋友在路邊見到 Bella

② 主人 Luke 急向當局報備，並上網請大家協尋

4 但 Luke 知道此犬不是 Bella

5 這隻走失犬認為自己被人綁架了

6 Luke 上網，問有誰丟了一隻巴哥犬？

7 當局找到 Bella，並送回給 Luke，此時 Luke 在網路上，確定了走失犬的女主人，Luke 手握兩犬，劇照相留念

❽ 女主人領回走失犬，並謝謝 Luke，見證整個事件的家貓，認為整齣戲是個騙局

（遛狗園之狗見）

新聞：新北市一處公園內有遛狗園，狗不但要分體重入場，還密密麻麻寫滿十二條注意事項，當然不是寫給狗看的，如果飼主違反其中規定，需為自己的愛犬負責。然而遛狗園不怎麼受歡迎，是否諸多規定令人不悅？不妨採訪眾狗，站在牠們的立場，看看這問題又是如何？

❶ 遛狗公園環境優美，犬屋大賣

❷ 入園有規定，並非所有動物皆可入內

❸ 須符合入園資格，拒絕無主人的流浪狗

❹ 以九公斤為準，區分大小型犬，各進不同園區

❺ 入園資格照的剪影是各類狗型

❻ 發情母犬、惡犬拒絕入內

❼ 亂叫、隨地大小便，狗主受罰

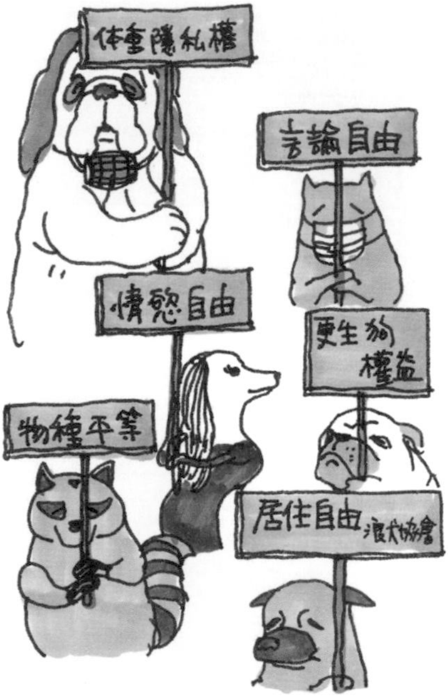

❽ 動物群起抗議，維權要求包含：體重隱私權、言論自由權、居住自由權、更生狗權益、情慾自由權、物種平等權

（整型世代）

新聞：2013 年 4 月韓國小姐選美，二十位小姐皆長的一個樣子，網民質疑這些選手曾接受整型手術。

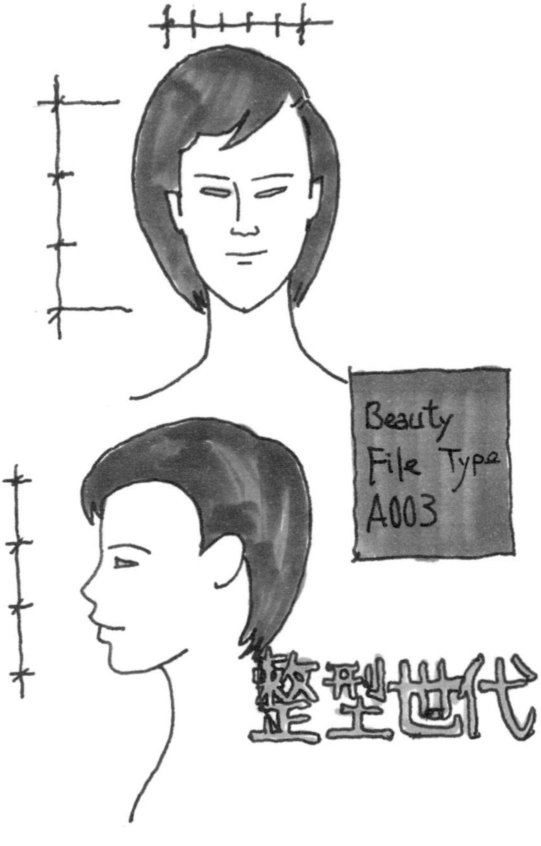

❶ 愛美是天性，整型時尚化

❷ 選美入圍者，樣貌雷同，評審難以抉擇

❸ 此國整型技術，獨步全球，連動物都慕名而來

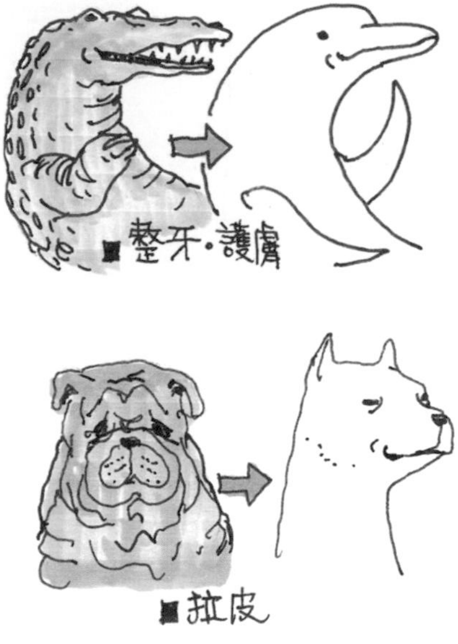

❻ 整牙、護膚、拉皮

❼ 染整、捲燙

4 巴哥犬想隆鼻

5 臘腸狗想增高

8 出境與入境時完全兩樣，若無醫師手術前後對照，証明本尊的身份無誤，才准放行

（熊貓易容）

新聞：台灣受韓流影響，醫美診所到處可見，這讓我想起美國歌星麥可傑克森，傳聞他整型數十次，由黑到白，鼻子由扁到挺。不久的將來，隨便一位平民百姓，是否一生也會整型三、五次呢？

❶ 通緝犯：熊貓 / 罪名：瀕臨絕種 / 懸賞：美金一百萬

‧怎麼逃出境，回森林？
‧先易名
身分証
姓名：熊貓

2 熊貓想方設法重回森林，先易名，熊貓改名叫貓熊

‧再易容
辦法1
染成黑熊
BLACK INK

3 再易容，染成黑熊

‧辦法2：染成白熊
567
染髮劑

4 或染成北極熊

‧辦法3：變裝成斑馬
植毛

5 植毛、再染條紋成斑馬

❻ 隆胸成乳牛

❼ 海關有嫌疑犯變裝模擬照，但熊貓依然成功出境

❽ 原來熊貓整容頻繁，已成沙皮狗

（黑冠猴自拍）

新聞：攝影師 David Slater 在印尼蘇拉威西島遺失相機，尋獲時，內有黑冠猴 Naruto 的自拍，David 將其出版而大賣，善待動物組織 PETA 提告，認為其收益應歸當地保育使用，但聯邦法庭裁定動物無著作權。

---

❶ 印尼蘇拉威西島黑冠猴 Naruto 七歲

③ 攝影師遺失一相機，黑冠猴撿到，好奇自拍

② 動物攝影師拍黑冠猴

⑦ 法官更改判決

⑥ 動物糾眾抗議

4 攝影師撿回相機，將猴自拍內容出版，市場反應熱烈

5 PETA 組織向法庭提告，以維護動物肖像權卻敗訴

8 黑冠猴變成超級巨星

熟年優雅學院
Aging Gracefully 47

度咕——台灣囝仔的童年往事

秋榮大　作者
張芳玲　總編輯
劉芳采　助理編輯
翁湘惟　校對編輯
簡至成　美術設計
張舜雯　行銷企劃
鄧鈺澐　行銷企劃

太雅出版社
TEL：(02)2882-0755 FAX：(02)2882-1500 | E-MAIL：taiya@morningstar.com.tw | 郵政信箱：台北市郵政53-1291號信箱 | 太雅網址：http://taiya.morningstar.com.tw | 購書網址：http://www.morningstar.com.tw | 讀者專線：(04)2359-5819 分機230

出版者：太雅出版有限公司 | 台北市11167 劍潭路13號2樓
| 行政院新聞局局版台業字第五〇〇四號 | 法律顧問：陳思成 | 印刷：上好印刷股份有限公司 TEL：(04)2315-0280 | 裝訂：大和精緻製訂股份有限公司 TEL：(04)2311-0221 | 初版：西元2019年09月01日 | 定價：290 | （本書如有破損或缺頁，退換書請寄至：台中工業區30路1號 太雅出版倉儲部收）| ISBN 978-986-336-343-9
Published by TAIYA Publishing Co.,Ltd.
Printed in Taiwan

國家圖書館出版品預行編目(CIP)資料

TOKU度咕：秋榮大的童年往事 / 秋榮大作. --
初版. -- 臺北市 : 太雅, 2019.09
面；　公分. -- (熟年優雅學院 ; 47)
ISBN 978-986-336-343-9(平裝)

1.繪畫 2.畫冊

863.55　　108010596

台灣深度旅遊・畫家帶路旅行系列

圖・文——朱啓助

旅行時，他一定會畫畫，
一個背包、一張矮凳，蹲坐下來，就完成一幅風景，
朋友欣羨的目光，讓他開啟了帶著一群人四處速寫的生活。

台中舊城的每一個角落他都走遍了，
用畫筆代替相機，在速寫的同時，他也寫下了這些地方的故事。
本書帶你從四條路線細細品味台中舊城，並用容易學習的方式，教你如何速寫。

獻給喜歡旅行，又想嘗試速寫畫畫的你。
帶上這本書，你就能立刻開啟一趟「親手畫下個人紀錄」的心動之旅！

台灣深度旅遊・
畫家帶路旅行系列

圖・文——王傑

他的畫，保留了基隆最純樸的味道，
觸動了在地人的記憶，吸引了外地人的興趣。

他是王傑，一位旅西畫家，
這本書是他對基隆最真誠的告白。
寫著基隆的感人故事，以及他們的現況
保留了已消失的基隆風貌記錄，描繪出最深刻的在地情感。

有人說：「你的書，我每看一頁，就掉一次眼淚。」
那是對土地最真實的感受，讓人完全無法抵抗。